Wort.Werk Gummersbach

Eine Frage der Perspektive

AF130124

Wort.Werk Gummersbach

EINE FRAGE DER PERSPEKTIVE

Geschichten und Gedichte

Bibliografische Information der Deutschen Bibliothek
Die Deutsche Bibliothek verzeichnet diese Publikation in
der Deutschen Nationalbibliografie;
detaillierte bibliografische Daten sind im Internet über
http://dnb.ddb.de abrufbar.

Layout und Redaktion: !zeichen.seTzung, Uta Lösken,
Reichshof
Umschlaggestaltung: !zeichen.seTzung, Uta Lösken,
Reichshof
Herstellung und Verlag: BoD - Books on Demand,
Norderstedt

ISBN: 9-783738-610802

Um klar zu sehen, genügt oft ein Wechsel der Blickrichtung.

Antoine de Saint-Exupéry

Vorab ...

Und plötzlich ist sie da, die Hoffnung, der Steg über den Gebirgsbach, der bisher zu gefährlich erschien. So kann es sein, wenn sich eine neue Perspektive auftut. „Alles eine Frage der Perspektive" spricht vom Blickwinkel, der sich – je nach Standort – ergibt, von der Betrachtungsweise, die von unserer inneren Einstellung geprägt ist.

Wir alle haben eine Vorstellung von der Welt, wie sie funktioniert, wie *wir* funktionieren. Unsere Erfahrungen stützen diese Vorstellung und bestärken uns, sie für gültig zu halten. Doch hin und wieder geraten wir in eine Sackgasse. Wir stutzen, stocken, es geht nicht weiter. Verharren wir, wo wir sind oder machen wir uns auf einen anderen, einen neuen Weg? Schaffen wir das aus eigener Kraft oder brauchen wir Anstöße und Unterstützung von außen?

Können wir als Gemeinschaft an einem Strang ziehen, ohne die weltanschauliche Perspektive der anderen einzunehmen? Ist es überhaupt möglich, den Standpunkt von Menschen zu verstehen, die ganz anders ticken als man selbst?

Wie fühlt es sich an, wenn man für sich selbst keine Perspektive mehr sieht?

Die Geschichten und Gedichte im Buch beschäftigen sich mit diesen Fragen. Sie erzählen von Menschen, die neue Wege finden und von solchen, die ungewöhnliche Dinge tun. Sie möchten unseren Blick auf Bekanntes ein wenig verrücken, weiten, durch andere Sichtweisen ergänzen.

Und sie möchten uns ermutigen, uns umzuschauen mit Augen für die verborgenen Stege.

Uta Lösken und Karin Nagelschmidt für Wort.Werk

Monica Buchfeld

Der Erzählerwettstreit

Heute möchte ich eine sonderbare Geschichte erzählen, die sich vor langer Zeit ereignet hat:

Damals, es sind nun schon viele Menschenalter her, geschah es, dass einmal der Rat einer kleinen Stadt im Norden des alten Landes beschloss, einen Erzählerwettstreit auszurufen.

Beachtliche Preise winkten den Gewinnern, goldene und silberne Kelche, Edelsteine, seidene Tücher sowie andere seltene Kostbarkeiten und so war es kein Wunder, dass schon Tage vor dem angekündigten Ereignis ein geschäftiges Treiben in den Straßen herrschte.

Auf dem Marktplatz unterhalb der ehrwürdigen Kirche wurde von Bediensteten der Stadt ein Holzpodest aufgebaut und in unmittelbarer Nähe für die Honoratioren, und vor allem den Landesfürsten, der sein Kommen zugesagt hatte, wurden bequeme Sitzgelegenheiten geschaffen.

Auch die Bürger der Stadt ließen es sich nicht nehmen, ihre Häuser herauszuputzen und zu schmücken, sodass es eine Freude war, alles anzusehen. Frische grüne Zweige und bunte Bänder winkten am Tage des Festes mit den fröhlich gekleideten Menschen um die Wette, den eintreffenden Erzählern ein herzliches Willkommen zu bereiten.

Ehrfurchtgebietende Männer in langen, fremdländischen Gewändern und mit den merkwürdigsten Kopfbedeckungen und Bärten kamen und stellten sich den Ältesten der Stadt vor.

Die meisten unter ihnen hatten schon in vielen Städten und Schlössern ihr Können gezeigt, und einige konnten sogar Orden und Urkunden vorweisen. So kam es, dass die umherstehende Menge immer ungeduldiger wurde und erst erleichtert aufatmete, als endlich die Fanfaren das Signal zum Beginn anstimmten.

Im Laufe des Tages machten es sich die Erzähler in dem großen Ohrensessel auf dem Podest bequem und erzählten ihre Geschichten. Von goldenen Drachen und tapferen Helden, wunderschönen Prinzessinnen und bösen Zauberern, von garstigen Ungeheuern und treuen Freunden. Geschichten also, wie sie uns zum Teil bis heute noch überliefert sind.

Die Zeit verging und fast war die Stunde erreicht, die der oberste Ratsherr als Endpunkt festgesetzt hatte, als plötzlich Bewegung in die dicht gedrängte Menschenmenge um den Markt kam.

Zwei Kinder, ein Junge und ein Mädchen, schoben und zogen eine alte Frau bis zu dem Platz, an dem die Ratsherren saßen. Die Menge murrte, und die drei erhielten so manchen bösen Seitenblick oder auch versteckten Knuff, weil sie so offensichtlich diese Stunde störten, in der die Ältesten darüber entscheiden sollten, wer die Gewinner seien.

Doch die Kinder gaben keine Ruhe, und als sie endlich zum Rat vorgedrungen waren, baten sie, noch ganz außer Atem vor lauter Anstrengung und Aufregung, darum, dass ihre Großmutter auch erzählen dürfe.

Da brauste ein höhnisches Gelächter unter den Umstehenden auf, denn das Märchenerzählen in der Öffentlichkeit war damals allein den Männern vorbehalten. Es wurden sogar vereinzelte Stimmen laut, die verrückte Alte und ihre ungezogene Brut so lange bei Wasser und Brot einzusperren, bis sie wieder zu Verstand gekommen seien. Der Ältestenrat beschloss jedoch, an diesem besonderen Tag eine großzügige Ausnahme zu machen. Was würde so ein altes Weib schon zu sagen haben.

Die Bürger der Stadt konnten sich über diesen Beschluss gar nicht beruhigen. Immer wieder ertönten vereinzelte Unmutsrufe oder böses Gelächter; doch als die alte Frau in ihrem langen, schäbig-grauen Rock, mit der schwarzen Bluse und dem gleichfarbenen Umschlagtuch im Sessel Platz genommen hatte, wurde es allmählich wieder still.

Niemand wusste hinterher zu sagen, wie lange das Weib erzählte und keiner vermochte zu erklären, wie es zuging, aber diese unscheinbare Alte breitete vor den Menschen, die um sie herumstanden und von Minute zu Minute gebannter ihren Worten lauschten, ungezählte Träume aus. Nicht etwa ihre persönlichen, nein, - das war ja das ungewöhnliche und erstaunliche, - sondern die der Zuhörer.

So glaubte z.B. der Landesfürst seinen Ohren nicht zu trauen, als er die alte Frau von einem Feldherrn reden hörte, der den gerade erst geschlossenen Frieden mit dem Nachbarland wieder zu brechen trachtete, weil ihn die reichen Silberminen und die große Hafenstadt dort reizten; träumte er doch oft davon, wie die ihm dadurch entstehenden Einnahmen seine Schatzkammern füllten.

Zur gleichen Zeit wurde der jüngste Ratsherr abwechselnd rot und blass, denn er erfuhr aus dem Munde der Alten seinen stets wiederkehrenden Traum, in dem ein vielversprechendes Mitglied des Rates durch geschicktes Intrigieren seine Mitkonkurrenten ausbootete. Auch die junge Frau des angesehenen Tuchhändlers hielt verlegen die Hände vor ihr glühendes Gesicht, denn sie hatte doch gerade den Traum eines gut situierten Weibes gehört, das es in aller Heimlichkeit verstand, seinen Mann um einen Teil des beträchtlichen Vermögens zu bringen und ihm dabei noch ein Paar kolossale Hörner aufzusetzen.

Es wird sicher für alle Zeiten ein Rätsel bleiben, wie es geschehen konnte, aber der Großbauer, der sich unter dem schattigen Balkon des Rathauses einen behaglichen Platz gesucht hatte, hörte seinen Traum, den Nachbarn bei der nächsten schlechten Ernte um das entscheidende Stück Weideland an der Furt zu bringen. Der Stallmeister erkannte seine heimlichen Wünsche, mittels Einsatz schlechter Materialien mehr Gewinn herauszuschlagen genauso, wie der Müller den seinen, durch geschicktes Vertauschen, das bessere Korn für sich beiseite zu schaffen.

Dass die Geschichten der Alten nicht etwa mit den jeweiligen Träumen aufhörten, sondern weiterführten, verwunderte, so sagt die Überlieferung, an jenem Nachmittag niemanden mehr.

Der Landesherr erfuhr auf diese Weise, dass bei dem Überfall auf das Nachbarland sein jüngster Sohn getötet werden würde, und vor seinem inneren Auge zogen lange Reihen verwundeter und erbarmungswürdig aussehender Soldaten vorbei. Ihre schmerzerfüllten Gesichter ließen ihn das Ausmaß seines Vorhabens zum ersten Mal von einer anderen Seite sehen.

Ebenso erging es dem Ratsherrn, der Kauffrau, dem Bauern, Handwerker und Müller. Ja, fast allen Bürgerinnen und Bürgern der Stadt.

Vielen Zuhörern stieg die Schamesröte bis zu den Haarwurzeln, und einige weinten heimliche Tränen, als sie hörten, wie der vermeintliche Gewinn im Nachhinein Zwietracht, Hader und Hass mit sich brachte, und der harte Preis für ihre Begierde oft genug von ihren Kindern oder Enkeln gezahlt werden musste.

Es wird erzählt, dass damals eine fast greifbare Stille um den Marktplatz herrschte, eine Stille, die die Alte ein wenig lächeln machte. Denn während des Erzählens war es ihr keineswegs entgangen, dass die anfängliche Ablehnung ihr gegenüber einer immer stärkeren Anteilnahme wich.

Ja, in den Gesichtern des einen oder anderen näher stehenden Zuhörers meinte sie sogar den festen Vorsatz zu erkennen, seinen Traum für immer zu vergessen.

Wie die Überlieferung sagt, soll die Hoffnung im Herzen der alten Frau aufs Neue erwacht sein, dass vielleicht eines guten Tages die Nachkommen ihrer Enkel unter Menschen leben würden, die ihre Träume nicht auf Kosten anderer verwirklichten, und den Frieden dadurch zu erhalten trachteten, dass sie nicht mehr nahmen als ihnen zustand.

Die Abendsonne begann bereits ihren Abstieg durch die schwarzbraunen Erlenwipfel am Fluss, als die alte Frau mit ihrer Erzählung endete.

Lange Zeit blieb es still um den Marktplatz, denn die Umstehenden gingen ihren Gedanken nach und fragten sich, wieweit sie wohl der Nachbar, Gatte oder Freund in der Geschichte wiedererkannt habe. Denn alle waren davon überzeugt, dass die Alte allein ihren persönlichen Traum erzählt habe.

Als sich die Ratsältesten endlich entschlossen, die Preisverteilung zu besprechen, herrschte auch unter ihnen große Ungewissheit darüber, wieviel die Geschichte über jeden Einzelnen verraten hatte.

Im Komitee war man sich bald darüber einig, der Alten ebenfalls einen Preis anzuerkennen, doch zu aller Verwunderung wollte diese keine der angebotenen Kostbarkeiten annehmen.

Wenn auch heute leider nichts mehr vom genauen Wortlaut überliefert ist, so soll sie doch mit Gewissheit gesagt haben:

"Ihr ganzes Leben sei sie ohne Silber und Edelsteine ausgekommen, und ihren Preis habe sie bereits erhalten."

Lieber Heino,

Du erhältst hiermit einen längst überfälligen Brief, den ich schon seit vielen Jahren in und mit mir trage.

Wir zwei haben uns leider nie kennenlernen dürfen, denn Du bist bereits Anfang August 1947, im Alter von vier Jahren, gestorben. Ich wurde im September 48 geboren.

Dass um Deinen Tod so großes Stillschweigen bewahrt wurde, ist sicher einerseits der Rücksichtnahme auf Deine Mutter, meine Großmutter, geschuldet. Und hat auf der anderen Seite die Fantasien der Menschen und Nachbarn in dem kleinen Eifelort, in dem ein Teil unserer Familie noch immer lebt, ins Groteske und Böswillige wachsen lassen.

Ja. Deine Mutter hat versucht, sich und Dich mit Schlaftabletten und dem anschließenden Gang in die nahe Talsperre umzubringen. Du hast nicht überlebt. Sie wurde, zwei Tage später, vollkommen verstört und nach Dir suchend, gefunden. Zuerst in eine Heil- und Pflegeanstalt eingewiesen und danach, entsprechend geltendem Recht, mit Zuchthaus bestraft.

Es gibt einen Abschiedsbrief von ihr, in dem sie schreibt, wie schrecklich aussichts- und sinnlos das Leben für sie sei. Dass sie keine Kraft mehr habe und nur noch die Pflicht empfinde, die Familie von sich und ihrer Krankheit zu erlösen. Dass die beiden älteren Töchter sicher ihren Weg finden werden, sie Dir aber das Elend dieser Welt und einen Lebensweg, mutterlos aufzuwachsen, ersparen möchte. Und sie bittet, davon Abstand zu nehmen, nach Euch zu suchen, weil auch das sinnlos sei.

Deine Mutter hatte bereits seit ihrem Studium mit schweren, langanhaltenden Depressionen zu kämpfen, die sie mehrmals jährlich heimsuchten, und diese Krankheit hat sie bis in ihr hohes Alter begleitet. Ich kann gar nicht mehr aufzählen, wie oft sie weiterhin in den Jahren nach Deinem Tod versuchte, sich das Leben zu nehmen. Sie wurde immer in letzter Minute gefunden und es scheint, dass ihr ein früherer Tod nicht vergönnt war. Besonders schlimm stand es um sie, wenn Dein Todestag nahte ... Und wir haben sie nochmals zutiefst verzweifelt erlebt, als in der Tageszeitung, 50 Jahre danach, darüber berichtet wurde. Gibt es ein Recht der Nachwelt auf persönliche Tragödien?

Ich erinnere Dein kleines Grab oben, linkerhand der Kapellenmauer.

Ich erinnere wenige Fotos von Dir, einem blonden, strahlenden Jungen, der noch so viel Leben vor sich zu haben scheint.

Wie hättest Du Dich entwickelt? Ein Kriegskind, mit Fluchterfahrung bis in den Rhein-Sieg-Kreis hinein. ... Ostern 45 wurde Dir dort von jeder Familie des kleinen Ortes, in dem Ihr Zuflucht fandet, ein buntes Ei geschenkt ... zwölf insgesamt ... ein Schatz für die damalige Zeit ...

Wie wärest Du als gar nicht so viel älterer Onkel gewesen? Und als Familienvater?

Ich weiß, diese Fantasien sind realitätsfremd und überflüssig.

Immer wollte ich Dich besonders verabschieden. Den Platz aufsuchen, an dem Ihr zwei an der Talsperre ankamt, Du bereits – tablettenbetäubt – im Tiefschlaf oder bewusstlos … Deine mittlere Schwester, meine Mutter, hat mir den Ort gezeigt. Damals konnte man noch bis ans Ufer gelangen, heute ist alles umzäunt und unerreichbar.

Ich habe meine beiden jüngeren Schwestern in den Wunsch eingebunden, für Dich dort ein Seelenboot aufs Wasser zu setzen, mit einer brennenden Kerze, die Dir den Weg in unsere Mitte weist. Denn Du hast immer zu uns gehört. In jeder Erzählung, jeder Familienaufstellung hast Du Deinen Platz. Damals wie heute.

Wir können Dich nun nicht mehr an Deinem Todesort erreichen. Doch es gibt trotzdem die Aussicht, Dich öffentlich in unsere Mitte zu nehmen.

In Deinem Heimatort besteht die Möglichkeit, entlang der Wanderpfade einen Obstbaum der alten Sorten zu pflanzen. Wir werden an dem Weg, den Du als Kind hinauf zur Hühnerfarm und den umgebenden Gebäuden gewiss immer wieder gelaufen bist, einen Apfelbaum pflanzen.

Mit einer Plakette: Deinem Namen und dem unserer Mutter.

Sei spät und herzlichst umarmt von Deiner Nichte.

farbe
bekennen

weder
schwarz noch weiß
rot noch gelb

weder
jude, christ, muslim
buddhist, hindu,

weder
hüben noch drüben

weder mann noch frau
herrscher noch sklave

weder noch

sei mensch
sei DU

jenseits aller
überlieferten
lehren

hinfort

kein
klerikaler schulter
schluss

keine
frömmelnde
vettern
wirtschaft

keine
wohl
gefälligen
lügen

: hinfort :

brennt
in uns
ein
heilendes
feuer

lasset
die kinder

zu mir
kommen *

doch
wehret denen
die
ihr vertrauen
in meinem namen
missbrauchen

* Matthäus 24/5

litanei

klerus
heimat der täter
zuflucht der leugner
verräter der opfer
hölle des missbrauchs
herz der finsternis

: kyrie eleison :

Sind wir denn von allen guten Geistern verlassen ...

... oder mangelt es uns zunehmend an klarem Verstand?

Vielleicht geht es einigen von Ihnen wie mir, und Sie sind ebenfalls der bedrückenden und demoralisierenden Nachrichten überdrüssig?

Die Unkenrufe der Medien - egal ob auditiv, visuell oder audiovisuell – sitzen uns wie böse Geister im Nacken.

Die Angst, die sie unisono befeuern, greift um sich, vergiftet unser Miteinander, unseren Alltag, unser Leben.

Immer wieder kommt mir dabei das Märchen der Gebrüder Grimm, „Die kluge Else", in den Sinn, die – um guten Eindruck zu schinden – eine mögliche Katastrophe heraufbeschwört, alle Menschen des Umfelds damit ansteckt und dabei ganz geschickt davon ablenkt, dass ihr Interesse allein dem eigenen Wohlergehen gilt.

Stimmt, wir haben uns in ungesunde Abhängigkeit von russischem Gas begeben, und die Mahner wurden lange Zeit verlacht.

Nach der Devise „only bad news are good news" überbieten sich seither die Medien gleichermaßen mit ihren Horrorszenarien, in denen wir bei tiefsten Temperaturen zähneklappernd oder bereits halberfroren in unseren Heimen hocken.

Und ich frage mich, was die Überlebenden des Hungerwinters 1946/47 wohl dazu sagen.
Mehrere Hunderttausend Menschen, zumeist Frauen, Kinder und Alte, starben damals in Deutschland. Die Zeit zwischen November 1946 und März 1947 wurde zum kältesten Winter des zwanzigsten Jahrhunderts.
Als ‚weißer Tod‘ und ‚schwarzer Hunger‘ wird das Elend jener Tage bezeichnet. Die Bevölkerung ist bereits geschwächt und stark ausgezehrt. Mit einer Tagesration von tausend Kalorien sollen die Menschen überleben. Doch achthundert und weniger sind die Norm. Dazu nehmen sie stundenlanges Anstehen vor den Geschäften in Kauf und müssen oft genug unverrichteter Dinge umkehren.
Kälte, Brenn- und Treibstoffmangel sorgen für zusätzliche Erschwernisse. Wichtige Wasserstraßen frieren ein. Frostempfindliche Nahrungsmittel, wie zum Beispiel die Kartoffel, verderben.
Die Obdachlosigkeit ist ein weiteres Problem: Mehr als 20% des städtischen Wohnraums ist zerstört und vor allem in den Großstädten um ein Vielfaches mehr.

Schauen wir 75 Jahre später in die Ukraine, wo sich die Bewohner der zerstörten Städte in den Kellern zusammenfinden, trotz des Bombenbeschusses ausharren, trotz Eiseskälte, rationierter Strom-, Heizungs- und Wasserversorgung, trotz Hunger und ständiger Angst.

Und wir? Die Vorstellung, die Heizkörper um zwei Grad herunterzudrehen oder lediglich jeden zweiten Tag zu duschen, lässt hier Menschen sich derart ereifern, dass ihnen der Schaum vorm Mund steht.

Dafür nehmen die gegenseitigen Schuldzuweisungen und oft fehlgeleiteten, oberflächlichen Interpretationen vieler deutscher Talkshowformate immer größeren Raum ein. Talk-„Shows", mittlerweile zu Geschwätz-Darbietungen verkommen, in denen jede und jeder die anderen zu unterbrechen und überbieten sucht - anstandslos, rücksichtslos, würdelos …

Sollten wir uns ehemals den Ruf eines Volkes der Dichter und Denker erworben haben, sind wir mittlerweile zu Dummschwätzern und Dampfplauderern herabgestiegen. Beziehungsweise zu Schwarzsehern und neunmalklugen Kritikastern.

Ein Heer düsterer Propheten und ahnungsvoller Sibyllen versucht, uns auch noch die letzte Hoffnung auszutreiben. So als wären ihnen die Spiegelsplitter aus Andersen Märchen „Die Schneekönigin" in Augen, Köpfe und Herzen gedrungen, um alles ins Destruktive und Negative zu verwandeln, um jeden Tag den Teufel an die Wand zu malen …

Nicht mit mir! Ich kehre den Pessimisten und Angst-besessenen den Rücken. Setze ein **„Hurra, wir leben noch"** dagegen, lasse mich weder ins Bockshorn jagen noch bange machen.

Und fordere Sie auf: Lasst uns zusammenhalten, mit-menschlich sein, Zuversicht wahren!

Conny Heitmann

Nur ein Glas Müll

Wieder einmal trage ich unsere gelben Säcke an die Straße. Wieder einmal sind es fünf Stück in diesem Monat, verursacht durch unsere vierköpfige Familie. Dazu kommt der vom Opa, der ist aber nur halb voll. Nun, gut, Weihnachten liegt hinter uns. Die Geschenke brachten viel Verpackung mit sich. Die glitzernden Geschenkfolien, der neue Fernseher und der Airfryer mit ihren Styroporverpackungen und so weiter.
Vor etwa einem Jahr sah ich eine Fernsehsendung über eine Familie der Zero-Waste-Bewegung, die die Müllvermeidung perfektionierte und ein Einmachglas Müll pro Jahr übrigbehielt, den selbst sie nicht zu vermeiden schafften. Ein Glas Müll.

Einer meiner gelben Säcke kippt um und fällt auf die Straße. Er ist an einer Stelle eingerissen und die Ecke eines Tetrapacks schaut raus. Ich schnaube und richte den umgefallenen Sack wieder auf, lege ihn behutsam gegen die anderen. Jedes Jahr werden die Säcke dünner, weniger haltbar und ich frage mich, wann auch unsere Kommune darauf kommt, statt der Säcke Tonnen einzusetzen. Die Lösung wäre sauberer, nachhaltiger, und das Rattenproblem wäre gelöst.
Ich erinnere mich noch, als die Recycling-Säcke eingeführt wurden, wie es hieß, man solle den Müll, wie zum Beispiel Joghurtbecher, im letzten Spülwasser kurz auswaschen, damit sie einigermaßen sauber, nicht

rein, in den Sack gegeben würden. Hm, meine Mutter fragte sich damals schon, zu welchem Zeitpunkt ihre Spülmaschine „das letzte Spülwasser" führen würde, dem sie dann den Müll hinzugeben könnte. Natürlich kann man die Becher und Dosen auch kurz unter fließendem Wasser ausspülen. Vor wenigen Wochen erfuhr ich, dass Joghurtbecher, die nicht ausgespült und vom Aludeckel getrennt sind, nicht recycelt werden. Das bedeutet also, ich muss zusätzliches Wasser „verschwenden", damit der Müll tatsächlich wiederverwertet wird. Das lässt mich nachdenklich zurück.

Damals, als die braune Tonne eingeführt und Bioabfälle vom Restmüll getrennt wurden, lebte ich mit meinem Mann in einem 13-Parteien-Mietshaus. Die braune Tonne quoll regelmäßig über durch in Plastikbeutel verpackten Biomüll. Mein Mann mit seiner Ökoseele beschloss: Den Kompost, der aus diesem Müll entsteht, werden wir nicht für unseren Garten kaufen. Nicht nur Plastiktüten, nein, auch Zigarettenkippen fanden wir regelmäßig in der Tonne. Wir dachten an die Zukunft, wenn wir unser eigenes Haus haben würden und damit natürlich auch einen Garten.

Nun gut, die Verwendung von Kompost funktioniert bei uns zu Hause. Auch wenn ich immer wieder Schalen von Zitrusfrüchten aus selbigem herausfischen und dem Restmüll zuführen muss.

Und dennoch entstehen auch heute noch bei uns im Haushalt vier bis fünf Säcke Recycling-Müll. Da hilft es nichts, den Entsorgungsunternehmen die Schuld in die Schuhe zu schieben, weil sie sich nicht zu Tonnen durchringen können.

Nein, die Schuld trägt auch die Industrie. Wer produziert denn heute noch schokoladige Süßigkeiten, die in der Gesamtverpackung zusätzlich noch einzeln verpackt sind. Ganz hervorragend ausgeklügelt scheint es mir, dass es zu jedem Produkt auch noch die Miniausführung gibt. Selbstredend sind auch diese noch einzeln verpackt. Biogurken, die in Folie eingeschweißt waren, habe ich boykottiert. Freundlicherweise tragen sie mittlerweile im Discounter meiner Wahl nur noch Bikini statt Ganzkörperkondom. Außerdem gibt es inzwischen überall Gemüsenetze zum Wiederverwenden. Es ist also nicht so, als würde der Handel nichts tun. Aber ich als Verbraucherin muss dabei schon mitmachen.

Doch dann kehrt mein Blick zu meinen Säcken vor der Haustür zurück. Ich sehe unzählige Hundefutterdosen, die, wären sie gequetscht, weniger Platz wegnähmen, Fleischverpackungen, die nicht angefallen wären, würden wir weniger Fleisch essen und dieses dann beim Metzger kaufen. Und mir fällt auf, an wie vielen Stellen ich selbst noch Müll sparen könnte, wenn ich nachhaltiger einkaufen oder die Dinge, die ich fertig kaufe, selbst herstellen würde.

Na, das ist ja wohl eine Wissenschaft für sich! Und wer hat denn überhaupt die Zeit, sich damit auch noch auseinanderzusetzen?

Die Zeit nutze ich doch lieber, um mit meinem Hund im Wald spazieren zu gehen, und mich über die Müllberge zu ärgern, die wieder einmal andere dort hinterlassen haben. Da sehe ich abgestellte Kühlschränke. Ja, mitten im Wald. Oder vier blaue Säcke mit undefinierbarem Inhalt. Überall liegen Masken, obwohl oder weil sie hier nicht gebraucht werden. Meine Nachbarin fällt mir ein, die jeden Hundespaziergang, mit Greifer und Müllsack bewaffnet, nutzt, um die oberbergischen Wälder etwas sauberer zu machen. Sie sammelt zumindest den kleinen Müll ein. Autoreifen und ganze Säcke muss sie lassen, wo sie sind. Vielleicht sollte ich auch mit Greifer und Mülltüte bewaffnet losziehen?

Wieder mal sind es die anderen, die die Schuld tragen. Denn ich bringe ja niemals meinen Müll in den Wald. Mir fällt es schon schwer, einen Kaugummi in die Böschung zu spucken.

Noch immer starre ich die Säcke an, die vor mir auf dem Boden liegen. Sie selbst unschuldig an ihrer Entstehung, denn das sind immer die anderen. In dem Fall ich.

Gut, dass morgen Mittag auch meine Straße wieder sauber und von Müll befreit ist. Aus den Augen, aus dem Sinn? Bis zum nächsten Monat? Ja, dann habe ich wieder drei Minuten Zeit, um über dieses Thema nachzudenken, während ich meinen Müll rausräume. Oder ich könnte meine Familie animieren, mit mir darauf hinzuarbeiten, dass wir mindestens einen Sack weniger brauchen.

Mein Blick wandert die Straße hinunter. Vor den anderen Häusern liegen auch jeweils mehrere Säcke. Hm, man könnte eine Challenge starten. Welcher Haushalt schafft es mit weniger als einem Beutel pro Person. Wir sind fünf, unsere direkten Nachbarn vier, auf der anderen Seite nur eine. Weiter oben zwei, dann fünf, ebenfalls mit Hund und ein alleinstehender älterer Mann. Unterhalb von uns gibt es eine Familie mit vier Kindern und zwei Ehepaare, jeweils mit einem bzw. zwei Hunden. Wie wäre es, wenn ich diese Challenge starten würde? Vielleicht könnten wir dann gemeinsam erreichen, dass wir uns über Verpackungen mehr Gedanken machen und mehr darauf achten, weniger davon zu kaufen.

Sicher ein Thema für das nächste Straßenfest. Und dann nehmen wir uns den Restmüll vor.

Nur ein Glas Müll? Ist schon echt sportlich.

In der Selbsthilfegruppe

Der Moderator Josef, der heute die Gruppe leitet, lässt seinen Blick durch die Runde schweifen. Seine Augen bleiben an einem Gesicht hängen, das er noch nicht kennt. Es gehört zu einer Frau, die zum ersten Mal da ist.

„Möchte uns jemand mitteilen, wie es ihm seit dem letzten Treffen ergangen ist?"

Unruhiges Getuschel, dann wird es still. Ein Mann steht auf.

„Mein Name ist Dirk und ich bin zu dick. Ehm, in der letzten Woche haben mich fünf Leute darauf hingewiesen und ich bin wieder so wütend geworden, habe mir eine Currywurst geholt und Pommes mit Majo. Als ich sie aufgegessen hatte, war ich noch wütender als zuvor. Aber nun auf mich. Ich habe schon wieder versagt. Ich bin ein Versager."

Der Mann lässt sich auf den Stuhl sinken und seufzt laut.

Die Gruppe antwortet ihm im Chor: „Du bist kein Versager. Du kannst es schaffen. Dann eben beim nächsten Mal."

„Ja, ja", sagt Dirk und starrt zu Boden.

„Danke für deine Offenheit", sagt der Moderator und sieht die Neue an. „Bitte, möchtest du dich vorstellen?"

Sie steht auf.

„Tach zusammen, mein Name ist Irmjard. - Ich bin 55 Jahre alt und trage Stützstrümpfe."

Die Gruppe antwortet: „Hallo Irmgard."

„Irmgard, möchtest du uns sagen, warum du hier bist?"

„Ja, also, ich bin hier, weil mein Arzt meinte, bei meinem rheinischen Frohsinn würde mir nur diese Gruppe noch helfen können. Mit 55 Jahren, da kommt man in ein Alter, wo einem schon mal die Knochen wehtun, wenn man eine Treppe geht, dann knackt es hier oder dort, Hüfte oder Knie, wenn man sich bückt, um einen Geldschein aufzuheben, knackt es im Rücken und manchmal hat man das Gefühl, man rastet ein." Demonstrativ kippt sie den Oberkörper nach vorn. „Geht dann wie ein rechter Winkel und braucht so einen Haltegriff, damit man sich wieder aufrichten kann." Zieht sich an einem imaginären Halt in die aufrechte Position zurück. „Kennt ihr das?"

Die Gruppe nickt, vereinzelt hört man ein deutliches Ja.

Irmgard lacht auf. „Man könnte auch sagen: ‚Dat Irmgard is in einem knackigen Alter.‘ Wenn ich mich dann auf der Straße so umsehe und der einen oder anderen Sahneschnitte hinterher schaue, also quasi sie zu stalken, denke ich mir: Lass es. Der Schmand is davon. Also vom Irmjard. Das hat auch seine Vorteile: Weniger Schmand, weniger Fett." Sie lacht wieder.

„Wobei das ja noch so eine Sache ist, mit dem ‚weniger Fett‘. Mein Physiotherapeut meinte, wenn ich weniger wiegen würde, wäre vieles auch einfacher. Ich habe ihm dann gesagt, ich müsse halt noch etwas wachsen. Da hat er seine Augen uffjerissen und sachte zu mir: Irmgard, in deinem Alter wächst man nicht mehr. Ich habe daraufhin gesagt: Dann bleibe ich eben untergroß. Schließlich ist alles eine Frage der Perspektive." Sie fasst sich an die Speckrollen an ihrem Bauch. „Ich könnte auch sagen: Ich habe kein Übergewicht, das ist Bonusmaterial!" Leichtfüßig wandert sie etwas hin und her.

„Außerdem will ich nicht abnehmen. Damals bei der Gala in der Oper, da kamen ja vielleicht ein paar Schabracken zum Tragen. Die trugen faltenreiche Gewänder und ebensolche Gesichter. Da war fast kein Fleisch unter der Haut und alles schlabberte. Kehlläppchen, sach ich nur." Sie kitzelt sich am Doppelkinn. „Wie bei Puten. Da kann ich ja noch froh sein, dass ich so jung aussehe. Aber das ist bei dickeren Menschen so. Die sehen meistens etwas jünger aus. - Also, wollen wir jetzt jammern, weil wir älter werden, nicht mehr so flink oder behände sind? Und schneller schwitzen?" Sie verschränkt die Arme vor der Brust.

„Nein, wir wollen nicht jammern, weil wir älter werden oder übergewichtig sind."

„Na gut", der Moderator schlägt ein Bein über das andere. „Vielen Dank, Irmgard, für deine Offenheit. Ich denke, dein Arzt hat Recht. Du bist bei uns goldrichtig. Lasst es uns gemeinsam sagen: Wir sind zu dick."

Die Gruppe im Chor: „Wir sind zu dick."

Irmgard presst die Lippen zusammen, erhebt sich und stampft mit dem Fuß auf. Die Bewegung löst ein heftiges Schwanken ihres Körpers aus. Schnell greift sie nach der Lehne des Stuhls vor sich. „Ich möchte aber keinesfalls solche tiefen Falten haben, wenn ich abnehme. Und in meinem Alter hat die Haut nun mal nicht mehr diese Spannkraft."

„Hat jemand eine Idee, wie wir Irmgard helfen können?" Mit erhobenen Augenbrauen schaut der Moderator in die Runde.

Ein jüngerer Mann steht auf. Sein Arm wandert so langsam nach oben, dass Irmgard sich fragt, ob er überhaupt in die Höhe möchte.

„Bitte, Rüdiger", ermuntert der Moderator ihn.

„Wir könnten ihr sagen, was Mark Twain schon gesagt hat: Gesichtsfalten sind die Pfade, wo das Lächeln spazieren ging. – Irmgard lächelt doch auch gerne."
Er setzt sich wieder, atmet aus.

„Danke Rüdiger. Lasst es uns noch einmal sagen: Wir sind zu dick. Unsere Mitmenschen verachten uns deswegen und hänseln uns. Wir wollen uns nicht provozieren lassen. Hier wollen wir den Umgang mit diesen Situationen erlernen. Doch für heute soll es reichen."

Die Gruppe löst sich auf. Rüdiger läuft zu Irmgard hin, hält sie am Arm zurück, bevor sie aus dem Saal stürmen kann.

„Hey, es war unglaublich witzig, was du gesagt hast. Ich finde es gut, dass du über dich lachen kannst."

Irmgard schluckt. „Na ja, was bleibt einem übrig."

„Weißt du, es ist unglaublich mutig, sich über sich selbst lustig zu machen. Aber noch viel mutiger ist es, die Wahrheit auszusprechen." Er hebt die Schultern

und lächelt sie schief an. „Du bist doch mutig, oder?"
Dann lässt er sie stehen.

Nach sechs weiteren Gruppentreffen mit ähnlichen Diskussionen, eröffnet der Moderator die heutige Sitzung.
„Möchte jemand seine Erfahrungen mit uns teilen?"
Irmgard erhebt sich.
„Mein Name ist Irmgard und ich bin zu dick. In dieser Woche habe ich es nicht geschafft, mich der Schokolade zu verweigern. Einige Jugendliche haben mich provoziert. Sie schoben sich an mir vorbei und sagten: Mach mal Platz, fette Kuh."
Ein Raunen geht durch die Gruppe.
„Ich habe hinter ihnen hergerufen: Ich bin nicht fett, ich bin untergroß und Kühe haben wunderschöne Augen. Und dann habe ich die Schokolade gekauft."
Irmgard setzt sich. Auf ihrem Gesicht breitet sich ein Lächeln aus. Denen hatte sie es aber gegeben.

Eine haarige Angelegenheit

Lena sah sich im Spiegel an. Schüttelte den Kopf, ließ ihre Haare fliegen. Blond, gelockt. Und dünn. Selbst die Nahrungsergänzungsmittel halfen nicht wirklich.

Maik trat hinter sie, küsste sie sanft in den Nacken. Zärtlich strich er ihr über den Kopf und beugte ihn zur Seite. Presste seine Lippen auf ihr Ohr.

„Ich liebe dein Haar, Süße. Es ist so schön lang und wuschelig", raunte er und verursachte ein Kribbeln in ihrem Bauch. Obwohl sie schon die Fünfzig überschritten hatten, musste sie zugeben, lief es bei ihnen gut. Von vielen anderen wusste sie, dass sie in diesem Alter schon keinen Sex mehr hatten.

„Sie fallen aus und werden immer dünner", sagte sie und fasste selbst hinein, sammelte mindestens drei bis vier Haare aus ihrer gespreizten Hand. Und kam in die Realität zurück. Maiks Hände wogen schwer auf ihren Schultern und er seufzte. Na ja, sie waren eben keine Zwanzig mehr.

„Du machst dir wieder viel zu viele Sorgen."

„Sagst du! Bei euch Männern ist eine Pläte ja eher sexy und kein Grund zur Besorgnis."

„Ach, Schatz. Du nimmst doch immer diese Pillen. Das reicht doch."

Er verließ das Bad und ging hinunter. Na, der hatte gut reden, dachte Lena und fasste ihre mageren Locken mit einem Gummi zusammen. Dafür reichte schon ein kleines und selbst das wand sie mehrmals um den

Zopf. Er mochte vielleicht so dick sein, wie ihr kleiner Finger. Sie beobachtete das wippende Etwas an ihrem Hinterkopf. Man sah es kaum.

Sie beendete die Morgentoilette und folgte ihrem Mann. Wie jeden Tag stand die Tasse Kaffee für sie bereit. Das Brot steckte im Toaster und sie frühstückten im Stehen, arbeiteten dabei Hand in Hand und umeinander herum.

„Was läuft bei dir heute?", fragte er kauend. Sie hasste das und sah ihn strafend an. Er verdrehte die Augen.

„Nach der Arbeit gehe ich in die Stadt. Ich treffe mich mit Kerstin auf einen Kaffee im Kunstwerk und dann muss ich noch ein paar Dekoartikel für die Feier am Samstag besorgen."

„Bist du Samstag etwa wieder für deinen Arbeitgeber im Einsatz?"

„Das habe ich dir doch bereits vor Wochen erklärt. Freu dich doch, dass die Feier nicht wie sonst in die Weihnachtszeit fällt, sondern schon jetzt ist."

Er nörgelte noch etwas weiter, bevor er sich nach einem Kuss verflüchtigte.

Lena blieb zurück, nachdenklich. Manchmal hörte er ihr nicht zu. Wie bei dem Thema vorhin. Sie seufzte und machte sich auf den Weg zur Arbeit.

Nachdem sie sich vier Stunden mit der Buchhaltung ihres Arbeitgebers auseinandergesetzt hatte, raffte sie ihre Sachen zusammen und verabschiedete sich bei den Kolleginnen.

„Lena, denkst du an die Deko?", rief Magitta hinter ihr her. Mit den Augen rollend dreht sie sich noch mal zu der Kollegin um.

„Klar, unaufhörlich." Dann verließ sie das Büro. Endgültig.

„Hallo Lena." Andi, ihr Kollege aus dem Marketing, ging mit ihr zum Auto. Meistens gut gelaunt, war er für jeden Blödsinn zu haben. Sein Finger bewegte sich jetzt auf ihren Hinterkopf zu und spielte mit der einen Schillerlocke, in die sich ihr Pferdeschwanz verwandelt hatte.

„Ist ja ein wunderbarer Hauch eines Nichts, das du da trägst. Gibt's den auch in groß?"

„Haha", blaffte sie und ließ ihren Blick demonstrativ an ihm hinuntergleiten, stoppte in seinem Schritt. „Soll ich dir die Frage mal stellen?"

Er lachte auf und ging zu seinem Wagen. „Gut gebrüllt, Löwe! Ich liebe deine Schlagfertigkeit. Du bist in der Buchhaltung völlig fehl am Platz. Denk mal über einen Wechsel in die Werbung nach", rief er ihr über das Wagendach zu und hob winkend die Hand.

Andi war in Ordnung. Dennoch sollte er wissen, dass man einer Frau kein Kompliment dieser Art machte. Seine Worte hatten sie mehr verletzt, als sie zugeben wollte.

Sie fuhr in die Stadt, suchte im Parkhaus des Einkaufszentrums einen Stellplatz und schnappte sich ihre Handtasche. Die bevorstehende Begegnung zauberte ihr ein Lächeln aufs Gesicht. Kerstin und sie hatten sich seit zwei Jahren nicht mehr gesehen. Die Freundin besuchte ihre Eltern in der Stadt und hielt sich dieses Mal etwas länger hier auf.

„Wow", begrüßte sie die ebenfalls Zweiundfünfzigjährige und fasste sie bewundernd an den Schultern, drehte sie leicht hin und her. „Seit wann hast du denn solch eine Löwenmähne?"

„Wir haben uns länger nicht gesehen, stimmt", sagte Kerstin nur, ging auf ihr Haar nicht weiter ein.

Während des Kaffeetrinkens in der Gaststätte im Forum blieben Lenas Augen immer wieder an Kerstins Locken hängen.

„Wie hast du das hinbekommen?", fragte sie, nachdem sie sich die neuesten Entwicklungen ihres Lebens erzählt hatten.

„Ach, ich hatte ja immer schon dickes Haar."

Ja, das stimmte wohl. Aber dass sie jetzt noch so aussah, oder es fast noch dichter erschien, wunderte Lena doch.

„Jetzt verrat mir doch deinen Trick. Meinst du, der würde bei mir auch funktionieren? Also ich nehme ja immer die Pillen aus der Drogerie und außerdem noch das Aufbaushampoo ab neunununddreißig. Das hilft zwar gegen den starken Ausfall, aber mein Haar wird nicht dichter. Nur nicht noch dünner."

„Wie geht es Maik? Arbeitet der immer noch bei Kind & Co?", fragte Kerstin, statt zu antworten. Mit dem Thema kam sie wohl nicht weiter und sie verloren sich in Smalltalk über die Familien. Die Freundin war seit einigen Jahren geschieden. Es war eine schmutzige

Scheidung gewesen und umso mehr faszinierte es Lena, wie gut ihr Gegenüber heute aussah.

Sie bestellten noch einen Latte Macchiato und Lena lehnte sich im Stuhl zurück. In dem Moment betrat eine Frau das Kunstwerk und sah sich suchend um. Sie setzte sich lachend an einen der Tische und Lena riss die Augen auf. Der Mann, zu dem die Frau sich setzte, und den sie mit einem liebevollen Kuss auf die Lippen begrüßt hatte, war eine Augenweide. Dunkles dichtes Haar und genauso dunkle Augen. Sie strahlten, als er die Frau ansah.

Gerade schmunzelte Lena noch über die Frau, weil sie auch im Sommer eine Wintermütze trug. So eine moderne Beany, die hinten herunterhing. Als sie diese jetzt abnahm, blieb Lena die Spucke im Hals stecken und sie musste husten.

Die Frau war kahl. Absolut kahl. Und sie saß mit diesem attraktiven Mann an einem Tisch in dem Restaurant.

„Wow, die traut sich was", sagte sie und starrte.

„Guck nicht so da hin", ermahnte Kerstin. „Weißt du, ja, sie ist verdammt mutig. Aber wenn du die Wahl hast, zu überleben oder prachtvolles Haar zu haben, dann fällt dir die Wahl nicht so schwer."

„Meinst du, sie hatte Krebs?"

„Das weiß ich nicht. Es gibt auch Autoimmunerkrankungen, die Haarausfall verursachen."

Kerstin senkte den Blick auf die Tischplatte und Lena wandte sich von der Frau ab. Doch immer wieder warf sie einen heimlichen Blick auf das Pärchen am Nachbartisch. Sie waren in ein Gespräch vertieft. Er hielt ihre Hand. Wie süß.

Und unmittelbar traten ihr Tränen in die Augen. Ob Maik sich auch so verhalten würde, wenn sie eine Glatze bekäme?

„Ich muss noch ein paar Kleinigkeiten besorgen. Wollen wir zusammen durch die Läden streifen?" Kerstin sah sie erwartungsvoll an.

„Ja, gerne." Lena seufzte. „Ich muss noch Deko holen für unser Firmenevent am Wochenende. Maik war schon wieder sauer, weil ich dann weg bin. Aber es ist doch nur einmal im Jahr."

Maik. Wenn sie daran dachte, wie er auf die Feier reagiert hatte, war sie nicht sicher, wie er reagieren würde, wenn sie kahl würde. Und Andi könnte wieder sagen: Ein wunderbarer Hauch von einem Nichts, das du da trägst. Ha, ha.

Sie erhoben sich, nahmen ihre Taschen und bezahlten. Sprachen kurz ab, in welcher Reihenfolge sie die Geschäfte stürmen würden.

„Wir können auch in den Dessous-Laden gehen, was meinst du?", fragte Lena lachend. Im nächsten Moment ärgerte sie sich darüber, so unsensibel zu sein.

„Warum nicht? Ich könnte noch mal gut ein paar Neue gebrauchen." Kerstin lachte auch. „Warte kurz!" Ihr Handy klingelte und sie blieben stehen. Die Freundin fischte das Telefon aus ihrer Tasche und nahm das Gespräch an.

Ein Mann stand neben ihnen. Auf seinem Rücken trug er eine Kindertrage, in der ein etwa Zweijähriger saß, der fasziniert auf Kerstins Hinterkopf starrte.

„Ich kann dich verstehen", murmelte Lena, ebenfalls den Blick auf die Freundin gerichtet, als der Kleine seinen Arm ausstreckte und zupackte.

Kerstin schrie auf. Ihr Telefon fiel zu Boden und das Display zersplitterte. Der Mann drehte sich erschreckt zu ihr um und damit die Trage auf seinem Rücken von Kerstin weg. Sein Sohn dachte gar nicht daran, Kerstins Haare loszulassen.

Die Zeit schien einzufrieren. Alle waren erstarrt. Der kleine Junge hielt seine Hand ausgestreckt in die Höhe, jauchzte ob seiner Beute, einem starken Büschel gleich einem Skalp, und mit angstgeweiteten Augen fasste sich Kerstin an den Kopf. Starrte auf die Fransen in der Hand des Jungen. Lena begriff nicht, was vor sich ging.

Als wäre die Zeit wieder ans Laufen gebracht worden, ging alles ganz schnell. Kerstin riss an dem Büschel in des Jungen Hand und schrie auf ihn ein.

„Meine Extensions! Wie sehe ich jetzt aus? Gib es her, sofort! Weißt du, was das gekostet hat? Ich muss zum Friseur! Sofort! Gott! Wie sehe ich nur aus!"

Der Vater ging einen Schritt zurück, und auch Lena griff ein und nahm Kerstins Arm, hielt sie zurück, das Kind anzuschreien und zu bedrängen. Der Mann setzte umständlich die Kindertrage auf dem Boden ab und herrschte Kerstin an, die sich gerade zu dem Jungen hinunterbeugte.

„Lassen Sie mein Kind in Ruhe. Ich werde das machen!" Damit begann er, die Strähne aus den Fingern des Kleinen zu lösen, freundlich auf ihn einredend. Der Kleine weinte bitterlich, nicht bereit, seine Beute zurückzugeben. Endlich hatte der Vater es geschafft und reichte Kerstin den Überrest zurück. Dann sah er sie an.

„Es tut mir wirklich leid. Ich werde den Schaden ersetzen." Er nahm eine Visitenkarte aus seiner Jacke und gab sie Kerstin. „Schicken Sie mir einfach die Rechnung Ihres Friseurs. Aber wissen Sie was? Sie haben sowas nicht nötig, so hübsch wie Sie sind." Damit hob er die Kiepe wieder auf seine Schultern und ging mit seinem Sohn weiter.

Kerstin stand dort, mit geöffnetem Mund, ihrer Haarsträhne in der Hand und tränennassem Gesicht.

„Hat er – hat er gesagt, ich wäre hübsch?"

Lena nickte und nahm die Freundin am Arm. „Komm, dort drüben der Friseur arbeitet ohne Termin. Vielleicht kann er dir helfen."

„Einen Zopf. Ich könnte mir einen Zopf machen."

„Genau." Sie hakte sich bei Kerstin ein und wollte sie zu dem Friseurgeschäft ziehen.

„Lena, warte. Ich muss dir was sagen." Kerstin hielt sie zurück. „Es fällt mir schwer darüber zu reden. Aber ich habe Angst allein zu bleiben. Mein Haar wird immer dünner, weißt du. Und das hier", sie hielt die Strähne in ihrer Hand leicht in die Höhe und Tränen rannen über ihre Wangen, „ist schlicht ein Alptraum."

Lena legte den Arm um die Schulter der Freundin.

„Du bist doch nicht allein damit. Wir alle verlieren Haare. Und sieh mal, wie selbstverständlich diese Frau mit ihrer Glatze im Restaurant saß."

„Ich wäre gerne wieder verliebt und hätte einen Mann. Aber das", sie griff sich an den Kopf, „steht mir im Weg. Jeder erkennt es sofort, sobald er mir näherkommt. Und dann diese Fragen, nach dem Warum und so weiter." Kerstin verdrehte die Augen. „Die Frau vorhin, weißt du, sie strahlte von innen heraus. Da spielte ihre Frisur keine Rolle. Verstehst du, was ich meine?"

Lena nickte.

Später saß sie mit Maik am Tisch. Sie hatte gekocht und sich viel Mühe gegeben.

„Ich muss dich etwas fragen, Maik", eröffnete sie das Gespräch und stellte ihm die Frage aller Fragen des Tages. „Würdest du mich auch lieben, wenn mir meine Haare komplett ausfallen würden?"

Maik sah erstaunt auf. Sein Blick fixierte sie. „Wie kommst du nur immer darauf, dass du einen kahlen Kopf bekommen könntest?"

„Beantworte mir bitte die Frage."

„Ich bin doch nicht dein Mann, nur weil ich deine Haare liebe. Was denkst du von mir?"

„Es ist mir ernst. Würdest du trotzdem mit mir Essen gehen?"

Er lachte kurz auf, sah sie wieder lange an und nahm ihre Hand.

„Du weißt, dass ich dich wirklich liebe, oder? Solltest du jemals eine Glatze bekommen, finden wir genügend Möglichkeiten dich so zu gestalten, dass du dich auch in der Öffentlichkeit wohlfühlst. Schließlich bist du doch die Deko-Spezialistin. Und wenn es oben ohne wäre? Auch gut. Und hier zu Hause? Na ja, ich müsste lügen, wenn ich behaupte, mir würde nichts fehlen. Außer natürlich die Haare im Abfluss."

Uta Lösken

Carpe Diem

"Hier bin ich!"

Isa Keller winkt kräftig mit der Hand, als sie die Frau sieht, die sich am Eingang des Bistro "32 Süd" suchend umschaut. Mittelgroß, mittelbraunes Haar, blauer Blazer.

Barbara Hartmann hat sie entdeckt, denn sie nickt und kommt geradewegs auf Isas Tisch zu.

"Schön, dass das geklappt hat mit uns beiden."

Isa packt Barbaras ausgestreckte Hand und schüttelt sie energisch. Dann nimmt sie ihr Gegenüber kurzerhand in die Arme.

"Meine Güte, ist das lange her, oder?" Sie lacht. "Mal abgesehen von der Vernissage letzten Samstag. - Setz dich."

Barbara sinkt auf den Stuhl, auf den Isas Hand deutet. Sie seufzt.

"Fünf Jahre, wenn ich mich nicht vertue. Du bist kurz vor mir in den Ruhestand gegangen, oder?"

Isa nickt. "Das war im Mai. Du hast damals gesagt, du hättest auch nur noch sieben Wochen."

"Und das weißt du noch so genau?" Barbara zieht die Augenbrauen hoch. "Ich habe das Gefühl, alles was mit der Arbeit zu tun hat, versinkt immer mehr im Nebel."

"Ist vielleicht nicht das Schlechteste, oder?" Isa hält ihr die Speisekarte hin. "Was willst du essen? Ich nehme den Salat mit Hähnchenbrust und ein alkoholfreies

Weizen. Bin schon den ganzen Vormittag unterwegs, das macht Durst."

Barbara überfliegt die Gerichte und entscheidet sich dann ebenfalls für Salat, dazu ein Wasser.

Nachdem die Bedienung ihre Bestellung aufgenommen hat, schaut Barbara sich um.

"Ich war noch nie hier drin", sagt sie. "Liegt irgendwie ein bisschen abseits."

"Abseits von was?"

"Von meinen üblichen Wegen beim Einkaufen. Drogeriemarkt, Buchhandlung, was man so macht in Gummersbach."

"Aber in der Halle warst du schon, oder? Konzert, Lesung, Diavortrag?"

Barbara schüttelt den Kopf. "Abends extra in die Stadt fahren, das ist nichts für mich. Da mache ich es mir lieber vor dem Fernseher mit einem Glas Wein gemütlich. Egal, ist nicht wichtig. Erzähl lieber, wie es kommt, dass ich dein Foto letztens in der Zeitung gesehen habe. Isa Keller und dann stand da was von einer Vernissage - ich dachte, ich seh nicht richtig. Ich hatte keine Ahnung, dass du malst."

"Kannst du auch nicht. Weil ich das ewig nicht gemacht habe. Eigentlich seit der Schulzeit nicht mehr."

Isa dankt dem jungen Mann, der ihre Getränke auf den Tisch stellt, und fährt fort.

"Du kennst das ja: Ausbildung, Arbeit, Familie, da sind die Tage mehr als gefüllt. Nach dem Abi hätte ich damals gerne Kunst studiert, aber meine Eltern hielten das für brotlos. Ich habe eine Weile hin und her überlegt und dann doch was 'Anständiges' gelernt und die Malerei komplett aus den Augen verloren."

Barbara nippt an ihrem Wasser. "Bei mir war es die Musik. Als Kind hatte ich Klavierunterricht, dann kam die Zeit, als alle auf der Gitarre herumgeklampft haben. Ich habe mir vorgestellt, in einer Band zu spielen, aber dafür war ich nicht gut genug. Oder nicht hübsch genug." Sie grinst schief.

Ehe Isa etwas erwidern kann, steht die Bedienung mit zwei großen Salattellern vor ihnen. "Lassen Sie es sich schmecken." Sie huscht davon.

Eine Weile schweigen die Frauen, während sie essen. Isa kann sehen, wie es in Barbara arbeitet. Schon auf der Vernissage hatte sie staunend gefragt, wie Isa das alles geschafft hätte. Dort gab es aber weder Ruhe noch genügend Zeit für ein längeres Gespräch.

Isa war selber überwältigt, wie viele Menschen gekommen waren, um ihre Bilder zu sehen. Ihre erste Solo-Ausstellung, und das im KunstKabinett Hespert. Für sie kam das einem Ritterschlag gleich.

"Wie hast du nur die Zeit gefunden, so weit zu kommen?" Barbara legt ihre Gabel beiseite und tupft sich mit der Serviette die Mundwinkel ab.

"Wieso? Fünf Jahre sind eine ganze Menge Zeit. Vor allem, wenn man nicht mehr arbeiten muss."

"Aber ..." Barbara verstummt. Isa sieht sie auffordernd an. "Aber da ist doch so viel anderes. Die Kinder, die Enkel, die freuen sich doch, dass du endlich mehr Zeit für sie hast. Dass du dich kümmern kannst."

"Moooment!" Klappernd landet Isas Gabel auf der

Tischplatte. "Nichts dagegen, hin und wieder mal die Oma zu spielen. Meine persönlichen Träume habe ich allerdings lange genug hintenan gestellt." Sie packt die Gabel und spießt ein Stück Hähnchenbrust auf, als wolle sie es auf dem Teller festnageln. "Ich bin nicht aus der einen Firma ausgeschieden, um mich dann gleich wieder als Festangestellte der Familie zu sehen."

Sie schiebt die Gabel mit Hähnchen und Salat in den Mund, kaut herzhaft und spült mit einem großen Schluck Weizenbier nach.

"Und was sagt deine Tochter dazu?" Barbara piekst in eine schwarze Olive und sieht sie zweifelnd an.

"Kati? Die war echt begeistert." Isa verdreht die Augen. "Die hatte sich vorgestellt, nach meiner Pensionierung über mich verfügen zu können. Als Babysitter brauchte sie mich zwar nicht mehr, aber es gab reichlich Aufgaben, mit denen sie mich beschäftigen wollte. Sie dachte nämlich, sie müsste mir helfen, den Übergang in den Ruhestand zu bewältigen, wie sie das genannt hat."

"Na ja, das ist ja auch nicht so einfach", meint Barbara. "Von einem Tag auf den anderen fällt so viel weg. Da ist es doch schön, wenn man gebraucht wird, oder?"

Isa schaut ihre ehemalige Kollegin an, zuckt mit den Schultern und wischt mit einem Stück Baguette die Salatsauce vom Teller.

"Wenn ich nicht wüsste, was ich machen will, vielleicht.

Isa schließt die Augen. Wissen, was man machen will.

Sie hatte eine Weile gebraucht dafür, aber nicht erst nach der Verabschiedung aus der Firma. Sie hatte sich schon Monate vorher damit beschäftigt, hatte gelesen, Tagebuch geschrieben und sich darin selber Fragen gestellt. Und irgendwann im Laufe dieser Zeit war in ihren Notizen die Malerei aufgetaucht. Sie hatte ein Kribbeln gespürt, das ihr sagte: Du hast gefunden, was dich interessiert, nun mach was draus.

Sie blinzelt und lehnt sich zurück.

"Sag mal, was machst du eigentlich, seit du in Rente bist?"

Barbara strahlt sie an. "Mein Sohn und meine Tochter sind heilfroh, dass ich ihnen unter die Arme greife. Mike und seine Frau sind selbstständig, da bleibt zuhause viel liegen. Ich schaue regelmäßig nach dem Rechten und räume ein bisschen auf. Bei Lisa und ihrem Mann ist es der Garten. Die haben beide keinen grünen Daumen. Manchmal helfe ich auch ihrem Sohn bei den Hausaufgaben, vor allem bei Mathe."

"Und was machst du sonst so?"

"Einmal in der Woche bin ich bei den Tafeln und unterstütze bei der Lebensmittel-Ausgabe. Es gibt immer mehr Menschen, die auf Hilfe angewiesen sind. Ist das nicht schrecklich? Da haben sie ihr Leben lang gearbeitet und es langt hinten und vorne nicht."

"Respekt. Ich gestehe, da kann ich nicht mithalten. - Aber was tust du für dich. Für dich ganz persönlich? Was ist mit der Musik? Hast du wieder damit angefangen?"

Barbara lässt ihre Gabel sinken und schluckt.

"Ach, dafür ist es jetzt zu spät."

"Wieso? Bist du tot? Nein! Also ist es nicht zu spät."

Isas Augen blitzen. "Die Vorstellung, wir wären zu alt für etwas Neues, finde ich einfach gruselig. Klar, wir können nicht mehr alles machen. Wir taugen nicht mehr als Hochleistungssportler, als Schauspielerinnen will uns bestimmt auch keiner engagieren und du wirst vermutlich keine Solo-Konzerte mehr spielen." Sie holt tief Luft und lächelt. "Aber deshalb ganz auf die Musik verzichten? Was hast du zu verlieren?"

"Ich habe Arthrose. Ich würde mich lächerlich machen. Ich ..."

Isa schnaubt. "Glaubst du, ich hätte mich anfangs nicht lächerlich gemacht? In jedem Kurs, den ich besucht habe, war ich die Älteste und die mit den wenigsten Vorkenntnissen. Kannst du dir die mitleidigen Blicke der Dozenten vorstellen? In ihren Augen konnte ich lesen, dass sie meine Versuche an der Leinwand nicht für eine Midlife-, sondern für eine Endzeit-Crisis hielten."

Barbara lacht leise und ihr Gesicht hellt sich auf, als wäre ein Lichtstrahl darauf gefallen.

"Bei dir klingt das so einfach, so selbstverständlich. Du wirkst so stark und selbstsicher. - Du bist ganz anders als ich." Die Helligkeit verschwindet, wie sie gekommen ist.

"Ich traue mir das nicht mehr zu."

Isa legt ihre Hand auf Barbaras Finger und drückt sie sanft. "Das dachte ich auch von Zeit zu Zeit. Vor allem, wenn ich meine Freiräume mal wieder gegen meine Tochter verteidigen musste. Wenn sie mir vorwarf, nur an mich zu denken, statt brav die Oma zu sein, die sie sich wünschte. Wobei sie nie das Wort 'brav' verwendet hat. Auch nicht das Wort 'Egoistin', dieses Etikett habe ich mir verpasst. Und mit reichlich Rotwein abends heruntergespült."

Barbara starrt sie ungläubig an.

"Haben Sie noch einen Wunsch? Ein Dessert? Kaffee?"

Isa zuckt zusammen, als die Bedienung neben ihr auftaucht und nach Tellern und Besteck greift.

"Zwei Espressi bitte", bestellt sie und sieht Barbara fragend an. Die nickt und schweigt, bis die junge Frau ihren Tisch wieder verlassen hat.

"Was hat dich aus diesem Loch herausgeholt?"

"Frag lieber 'wer?'", antwortet Isa. "In einem Kurs über Akt-Malerei - ich habe damals alles mögliche ausprobiert, - in diesem Kurs also habe ich eine Art Mentorin gefunden. Sie hatte Kunst studiert, als Lehrerin gearbeitet, weil das für sie mit Familie gut vereinbar war, und war gerade dabei, sich als freischaffende Künstlerin einen Namen zu machen. Der Kurs war für sie eine Art Auffrischungsübung. Mit ihr konnte ich stundenlang reden. Sie hat mir auch geholfen, mein Thema zu finden. Bäume, Holz, das hat mich immer schon fasziniert. Ich war bloß nicht auf die Idee gekommen, mich künstlerisch damit zu beschäftigen."

"Was macht sie heute?", will Barbara wissen.

"Sie ist gestorben. Letztes Jahr."

Schweigend trinken Isa und Barbara ihren Kaffee.

"Sie wäre bestimmt stolz auf dich gewesen, Isa." Barbara senkt den Kopf.

Isa sieht, wie sich Barbaras Lippen bewegen. "Entschuldige, ich habe dich nicht verstanden."

Barbara hebt das Kinn, ihre Wangen sind von zartem Rot überzogen.

"Vielleicht kannst du ja meine Mentorin werden", wiederholt sie. "Vielleicht kannst du mir helfen, herauszufinden, was ich machen will." Sie bricht ab und wird noch einen Hauch roter. "Entschuldige, ich will mich nicht aufdrängen."

Isa lacht. "Tust du nicht. Bin gespannt, was wir zum Vorschein bringen."

Braun

Ich mochte diese Farbe nie. Braun war mir immer langweilig, trist wie ein abgeerntetes Feld im Winter, leblos und traurig.

Schauen Sie in meinen Kleiderschrank. Sie werden keine Hose und keinen Pullover in Braun finden. Höchstens einen dezenten Streifen oder ein paar winzige Kleckse in sonst farbenfrohen Mustern.

Gehen Sie durch meine Wohnung. Nur helles Holz, kräftige Farben. Ich liebe klare Töne, sattes Zinnoberrot, leuchtendes Kadmiumgelb oder kühles Türkis. Nicht dieses Gemisch, das an Schlamm erinnert oder an verdorrtes Gras.

Können Sie sich meine Gefühle vorstellen? Haben Sie auch nur eine vage Ahnung, wie es ist, wenn Sie die Welt quasi durch ein getöntes Glas betrachten, das alle Farben herausfiltert und nur Brauntöne passieren lässt? Ich weiß nicht, was es ausgelöst hat, wie es geschehen ist. Ich weiß nur wann: Am siebten Juli letzten Jahres riss mich um sieben Uhr der Wecker aus dem Schlaf. Die Digitalanzeige leuchtete in einem matten Siena. Sie kennen dieses Rotbraun der toskanischen Erde? Ich schaltete den penetranten Summton aus und stieg aus dem Bett. Als ich den Rollladen vor dem Fenster nach oben zog, fiel Sonnenlicht ins Zimmer und beschien eine braun-beige Szenerie.

Ich schrie auf.

Wie konnte aus der meerblauen Bettwäsche dieser matschige Stoff werden? Warum wirkte die Birkenfeige so saftig trotz ihrer braunen Blätter? Und weshalb hatte der Himmel eine Färbung, die an die Rahmsauce aus Rudis Imbissbude erinnerte?

Ich rannte ins Bad und starrte in den Spiegel. Mein Gesicht starrte zurück, vergilbt, als hätte jemand eine alte Fotografie auf das Glas geklebt.

Ich blinzelte, zwinkerte, rieb mir die Augen. Ich spülte sie mit kaltem Wasser, spülte mit warmem Wasser. Keine Veränderung.

Ich legte einen Handrücken an die Stirn, steckte das Fieberthermometer unter die Zunge. Alles normal. Ich fühlte den Puls. Der raste vor Aufregung. Ich atmete tief durch, suchte im Wohnzimmer das Telefon, räusperte mich und rief meinen Hausarzt an. Ja, sie könnten mich dazwischen schieben, in einer Stunde sollte ich in die Praxis kommen.

Ich will Ihnen meine Odyssee durch medizinische Instanzen ersparen. Hausarzt, Augenarzt, Neurologe, Psychiater. Sehtests, Ultraschall, Magnetresonanztomographie. Medikamente gegen Durchblutungsstörungen, Infektionen, Depressionen.

Ich fühlte mich krank, verrückt, als Kuriosität, als Versuchskaninchen. Irgendwann reichte es mir. Ich wusste, dass ich körperlich gesund war - außer einem leichten Bluthochdruck -, für mein Alter ausreichend fit und dass kein Tumor auf mein Sehzentrum im Hirn drückte. Alles in Ordnung, bis auf die Kleinigkeit, dass ich ausschließlich Braun sah - Braun in unendlichen Schattierungen.

Diese ersten Wochen waren die Hölle. Wie oft glaubte ich an blauen Himmel, wenn ich die Wohnung verließ, und er war grau und überschüttete mich unterwegs mit fetten Regentropfen. Wie oft passten die Socken nur scheinbar zusammen, was ich an den mitleidigen Blicken meiner Mitfahrer im Bus feststellen musste. Wie oft waren die Bananen noch unreif statt süß oder die Paprikaschoten grün statt rot.

Ich hatte alles satt und verbarrikadierte mich in meiner Wohnung. Bei herab gelassenen Rollläden und künstlichem Licht waren mir die Farben egal. Einheitsbraunbrei. Ich schlief lange, las viel und schaute die nachmittäglichen Doku-Soaps im Fernsehen.

Nach ein paar Tagen sah der Kühlschrank aus, als hätte ihn eine Horde Teenager geplündert und nur die Sardellen und das Glas Dijon-Senf zurückgelassen. Ich zwang mich zum Einkaufen. Schließlich konnte mir niemand sagen, ob mein Zustand sich je wieder ändern, je wieder normalisieren würde. Und schon gar nicht, wie lange er andauerte. Aber so schnell wie möglich flüchtete ich wieder hinter die Rollläden.

Aus einem versteckten Winkel meines Hirns kroch Existenzangst, baute sich dicht vor meiner Nase auf und grinste hämisch, als wollte sie sagen:

"Ich habe dir immer schon prophezeit, dass ein solcher Tag kommen wird. Du kannst deinen Beruf an den Nagel hängen. Du kannst alles an den Nagel hängen und Hartz IV beantragen. Das wird nichts mehr mit dir."

Ich hob den Kopf und sah mein Spiegelbild in der Fensterscheibe. Das dort konnte nicht ich sein, nicht mit diesen wirren Haaren, den hängenden Schultern. Ich sprang auf und schrie das Trugbild an. Ich brüllte ihm "Das wollen wir erstmal sehen!" entgegen und riss die Fenster auf. Frische Sommerluft strömte ins Zimmer, vertrieb den abgestandenen Dunst.

Ich musste mich arrangieren mit der Braunsichtigkeit. So nannte ich meine Krankheit, falls es denn eine Krankheit war. Es gab keine wissenschaftliche Bezeichnung dafür. Ich musste meine Möglichkeiten studieren und erweitern. Ich begann wieder zu leben.

Nach und nach wurden Nase und Ohren, Zunge und Fingerkuppen feinsinniger, unterstützten die Augen tatkräftig im Alltag. Die Augen selber – oder das Gehirn, das die Meldungen des Sehnervs zu interpretieren hatte – erkundeten immer speziellere Nuancen dieser Farbe, die wir vereinfachend mit "Braun" bezeichnen. Ist Ihnen jemals aufgefallen, wie viele Abstufungen es zwischen Nussbraun und Moorbraun gibt? Dass Rottöne dunkleres Braun ergeben als Blautöne? Und das Grasgrün den Tonwert von Ocker hat?

Ich entdeckte die Welt neu für meine Arbeit, eine neue Phase begann. Die braune Periode.

Ein Jahr nach meinem Sturz ins Braun stehe ich nun vor Ihnen. Ich bin stolz und dankbar, dass ich Ihnen meine aktuelle Serie von Werken präsentieren darf. Und ich freue mich, dass so viele zu dieser Vernissage gekommen sind.

Nehmen Sie sich Zeit und nehmen Sie sich ein Glas Sekt.

Horizont

ich mach' dir einen
Strich durchs Bild
hauchzart doch
gut zu sehn

er zieht sich quer
von rechts nach links
scheint weiter noch
zu gehn

sprengt jenen
Rahmen der bisher
gewohnten Blick
begrenzt

und lockt zu
neuen Ufern
wo das
Unbekannte glänzt

Über dem Nebelmeer

Ein Mensch hat in den letzten Jahren
die Welt um sich nicht nur erfahren,
er hat auch Schritt für Schritt entdeckt,
wie viel Genuss im Wandern steckt.

Der Mensch bewegt von einem Ort
zum andern sich mit Muße fort.
Geschwindigkeit wird obsolet,
wenn man im eignen Rhythmus geht.

Der Weg ist selbst gewählt. Trotzdem:
Nicht jeder Schritt ist angenehm.
Die grelle Sonne brennt aufs Haupt,
die Strecke länger als geglaubt,
schon liegt der Hunger auf der Lauer,
es überrascht ein Regenschauer.

Und stetig geht es steil bergauf.
Der Mensch als Wandrer gibt nicht auf,
erklimmt den Berg und schaut vom Gipfel
weit übers Tal und alle Wipfel.

Willst du den Überblick gewinnen,
musst du dem Nebelmeer entrinnen.

Karin Nagelschmidt

Finis terrae

„Darüber will ich kein Wort mehr hören!" Schnell und mit Nachdruck. Gut so. – Stille im Raum. Skeptische Aufmerksamkeit. – Heute sollte es ihm gelingen, sich zusammenzunehmen.

„Warum seid ihr denn aufgestanden? Setzt euch doch wieder."

„Letzte Woche hast du noch gesagt, du wolltest mit zum Friedwald an Muttis Geburtstag."

„Klar, was denn sonst?" Es war gelogen. Er hatte nicht mehr daran gedacht. Und sie wussten es. „Aber zuerst trinken wir Kaffee." Genau so war es richtig. Ruhig und bestimmt. Er nickte ein paarmal, wandte sich ab.

„Wollen wir nicht lieber zuerst zum Grab, wir haben doch gerade erst zu Mitta …"

„Ist doch jetzt egal, Lisa. – Gute Idee, Papa, einfach mal früher als sonst, genau so machen wir's."

Dieser Ton! Als sei er zum Tattergreis mutiert. „Geht's noch, Frederik, ich bin immer noch dein Pater. Vater!" Was war eigentlich schlimmer, ein Versprecher oder dessen Korrektur? „Schön wieder hinsetzen ihr zwei! – So ist's brav. Papa geht jetzt nach nebenan und kommt mit Kaffee und Kuchen zurück."

Die Küchenfliesen fühlten sich warm an unter seinen Füßen. Barfußlaufen, gemeinsames sommerliches Vergnügen. Jedes Jahr standen die Schuhe von Mai bis September im Schrank und wurden nur rausgeholt, wenn es nicht anders ging. Bis zu Erikas Schlaganfall.

– Besteck rechts oder links? Rechts, wie schon immer, Idiot. Gedämpfte Stimmen von nebenan. Nicht nötig zu wissen, was die beiden da tuschelten. Wörter, nichts als Wörter, das meiste davon Ausschuss. Wie viel Zeit unseres Lebens verbrachten wir mit Gefasel und Tratsch? – Und trotzdem vergehst du, wenn du merkst, wie sie dir entgleiten.

„Au!" Er griff an die Stelle seines Kopfes, die mit der offenen Tür des Hängeschranks kollidiert war. Vorsichtig nahm er drei Teller vom Stapel. Kleine Teller, Dessertteller, Frühstücksteller, Kuchenteller.

„Bitte Fritz, lass Fredi fahren!" Lisa stieg hinten ein. Folgsam setzte er sich auf den Beifahrersitz. Wenn Erika nicht auf einer Waldbestattung beharrt hätte, könnte er sie jetzt zu Fuß besuchen. Aber so hatten sie eine Autofahrt und dann noch den Fußweg auf verschlungenen Pfaden vor sich. Den Baum mit der Plakette alleine zu finden, wäre eine Forderung. Heraus – Überforderung.

Interessant, die Augen weiden zu lassen, es schien, als sei er noch nie auf dieser Straße gewesen. Wie blind man doch als Fahrer für seine Umgebung war! Vorhin, als die beiden im Garten ‚nach dem Rechten sahen', hatte er noch schnell den Rucksack gepackt. Zum ersten Mal seit der letzten Tour mit Erika, kurz vor ihrem Absturz in die Vorhölle. Natürlich wollte man wissen, was er vorhatte. „Eine Eigentümlichkeit".

„Ist da etwa was für Mutti drin?" Frederik hob den Rucksack aus dem Kofferraum, schlug die Heckklappe mit mehr Schwung zu als nötig.

„Möglich." Er bestand darauf, das Gepäck selbst zu tragen, trottete hinter den beiden her, die hier und dort abbogen auf ihrem Weg zwischen verborgenen Urnengräbern. Unfindbar, meine Frau.

„Hier ist es!" Lisa wies mit der linken Hand auf eine Lichtung zwischen Eichen, wo Erikas Birke stand. Dass es keine Eiche und noch weniger eine Buche sein durfte, hatte Frederik bestimmt, weil Mutti beide Hölzer nie ins Haus gelassen hatte.

Und nun runter damit – abstoßen – abschultern. Er lehnte das Teil gegen einen Baumstumpf, atmete durch. Nicht der schlechteste Ort für die ewige Ruhe. Frederik und Lisa hielten sich an den Händen.

„Ich kann nicht glauben, dass deine Mutter schon seit acht Monaten tot ist. Es kommt mir vor, als hätten wir sie letzte Woche noch zu Hause besucht."

Frederik räusperte sich, dann drehte er ihm sein Gesicht zu: „Was ist denn jetzt? Lässt du die Katze aus dem Sack oder willst du das Geschenk für Mutti wieder mit nach Hause nehmen?"

„Ihr wisst aber schon, dass man hier nichts zurücklassen darf, nicht mal was Verrottbares."

„Ich komm nicht mit nach Hause." Paukenschlag. Zwei offene Maulklappen vor Waldlandschaft.

„Was soll das Theater? Bist du jetzt total durchgeknallt?"

„Dein Vater ist bestimmt noch sauer wegen unserem Vorschlag mit dem Früherkennungstest heute Mittag."
Er merkte, wie er ein paar Schritte rückwärts ging, bis er mit der Ferse gegen einen Bäumling stieß. Die beiden ein Bollwerk mit zwei Köpfen, dahinter die Birke.
„Wahrscheinlich würde sich herausstellen, dass gar nichts ist, und du wärst total erleichtert."
„Und wenn doch, dann hättest du immer noch Zeit alles zu ordnen. Es gibt ziemlich teure Medikamente, die den Verlauf verlangsamen, aber für dich als Privatpatient dürfte das kein Problem werden."
„Es könnte auch eine Depression sein nach allem, was du mit Mutti durchgemacht hast." Frederik atmete hörbar aus. „Ich weiß, ich hätte öfter bei euch sein sollen." Verlegen schaute er auf dem Waldboden hin und her. Unvermittelt griff er nach dem Rucksack am Boden, zog am Reißverschluss und zerrte zutage, was drin war: Isomatte, Schlafsack, Wasser, Badehose. „Was in Gottes Namen willst du damit?"
Lisa lächelte wie in den Videos, die er von ihr kannte. „Du möchtest also verreisen, Fritz. Das hättest du uns doch ruhig sagen können."
Atmen. Konzentrieren. „Ihr fahrt jetzt ohne mich! Und keine Sorge, ich bin im Vollbesitz meiner körperlichen und geistigen Kräfte. Parkt das Auto vor dem Haus. Den Schlüssel könnt ihr mitnehmen oder in den Briefkasten werfen. Den zweiten hab ich dabei. Alles andere geht euch nichts an."
Die beiden tauschten Blicke aus, die er nicht verstand. Frederik schüttelte den Kopf. Lisas Mund sprang auf:

„Wenn das so ist, will ich dir nicht widersprechen, Fritz! Dann noch viel Spaß beim wilden Campen. – Nun komm, Fredi! Dein Vater wird eine Hochsommernacht unter freiem Himmel überleben. Und er hat seinem Willen deutlich Ausdruck verliehen – auch wenn der uns strange erscheinen mag."

„Mach keinen Scheiß, Papa. Komm doch mit, dein Bett ist viel bequemer als der Waldboden."

„Keine Sorge, Sohn. Ich will einfach noch mal ne Nacht mit Mama verbringen."

Als sie weg waren, ging er in die Hocke. Erstaunlich leicht, noch immer. Hab' deinen Geburtstag vergessen – und nicht nur das, ich verliere auch Wörter, Erika. Wie du damals. Aber nicht so viele auf einen Schlag. – Herrje, wer sagt sowas? Das bin doch nicht ich. Oder? – Du jedenfalls hast nie deine Würde verloren, fast alles klaglos erduldet. Aber ich könnt's nicht, wie man sieht. Und will es auch nicht! Er zog ein Fläschchen mit Pulver aus der Innentasche seiner Jacke. – Natürlich illegal, was sonst? Ich kann doch nicht warten, bis es weder Ethos noch Wahrheit mehr gibt, bis ich meine Hirngespinste für Wirklichkeit halte, und am Ende nur noch fressen und verdauen kann. Das Herz interessiert es nicht, wenn ich krepiere mit dem Verlust der Wörter, es freut sich über seine Herrschaft, in der es siegen wird über mein Ego. Sie schwieg und er tat es ihr nach, bis die langen Schatten in Zwielicht übergingen.

Erschöpft vom langen Hocken stützte er seine Hände vor sich auf dem nun feuchten Boden ab, streckte mühsam die Beine, bereitete sein Lager vor, kroch in den Schlafsack.

Sein Blick fiel auf die Badehose, die auf einem Strauch lag und sich über den Blättern blähte wie das Segel eines Spielzeugboots, dessen rote Streifen im Halbdunkel verblassten. Er erinnerte sich nicht, sie eingepackt zu haben. Vielleicht war sie nach dem letzten Urlaub im Rucksack geblieben. Er hob sie auf, roch daran. Welches Meer? Atlantik. Wo – Irland oder Bretagne? Entfernt hörte er keltische Klänge. Oft waren sie in der ersten Augusthälfte zum Festival Interceltic nach Lorient gefahren. Dreizehn Stunden mit dem Auto und danach weiter Richtung Westen bis zum Finis terrae, wie die Römer sagten, dem Ende der Erde, wo die Gischt meterhoch gegen die Felsen prallte und in Tropfen zersprang.

Mit weit geöffneten Augen überließ er sich seiner Sehnsucht, als mit einem Mal ein runder Fallschirm, an dem ein Mensch hing, die Lichtung verdunkelte. Durch die offenen Flächen am Basisrand des graugrünen Stoffs drangen Lichtstreifen zu ihm hinunter. Erstaunlich, wie sanft die Landung glückte, wenige Meter neben ihm. Frederik. Überrascht war er nicht. Der Junge musste immer seinen Willen durchsetzen.

Ich komme, um dich abzuholen und nach Hause zu bringen.

Das Chaos dort kann mich mal.

Du meinst, ich kann dich mal.

Weißt du, Sohn, du sollst es nicht miterleben.

Ich kann dich doch so nicht allein lassen.

Doch, ich bitte dich drum.

Dein dummer Stolz.

Na gut, dann fahr mich zum Bahnhof. Ich hab' mir schon früher oft gewünscht, einfach abzuhauen. Das hier ist meine Gelegenheit. Und mein schlechtes Französisch ist jetzt mein Vorteil.

Wo willst du denn hin?

Ans Ende der Welt, zum Schwimmen.

Er spürte, wie sich seine Muskeln entspannten, schmiegte sich in die Daunen und lächelte der Nacht entgegen.

Vor den Worten

Für einen Menschen, der den größten Teil seines Lebens hinter sich hatte, verboten sich hochfliegende Erwartungen an die Zukunft von selbst. Im Laufe seiner siebenundvierzigjährigen Lebenserfahrung hatte er gelernt, sich mit den Tatsachen zu arrangieren. Zum Beispiel damit, im Kindergarten den Prügelknaben für die Stärkeren abgeben zu müssen. Oder damit, zu ängstlich zu sein, um von den Klassenkameraden gemocht zu werden. Und schließlich damit, in der Ellenbogenwelt des Berufslebens zu kurze Arme zu haben.

All das nahm er hin wie Regen in einer nass-kalten Gegend, man mag ihn nicht, rechnet aber damit. Man möchte nicht frieren, also packt man sich warm ein und gewöhnt sich einen schnellen Schritt an.

Für gewöhnlich hielt er bei seinen regelmäßigen Spaziergängen den Kopf ein wenig gesenkt, um nicht zu stolpern, nur ab und zu, wenn die verirrte Sonne sich zwischen die Wolken schob, blieb er stehen und schaute hoch. An solchen Tagen war es vorgekommen, dass er sich verliebte.

Dann konnte ihn die Anmut einer Frau derart bezaubern, dass er sich wünschte, sein Gesicht in der Seide ihres Haarschopfs zu verbergen, um nur einen Wunsch zu nennen. Doch auch hierin sprachen die Tatsachen gegen ihn. In den Augen der Schönen erkannte er sich als unsichtbar, und diejenigen, die äußerlich lieb wirkten, stellten zwischen freundlichen Worten ihr Befremden zur Schau. Über seine Hoffnung, seine Unverfrorenheit, seine offensichtliche Unkenntnis der Regeln dieses Marktes.

Ewige Sehnsucht, das waren die Gleise, auf denen sein Leben sich abspielen würde, bis er eines Tages in einer Kiste in der Erde läge.

Er schließt den Schirm – Regenpause – mal sehen, wie lange. Den Botanischen Garten mag er sehr, kennt jede Wegbiegung und beinahe jeden Baum. Er wäre selbst gern ein Baum, einer von den hohen, dessen Blätterdach einen großen Schatten wirft, der im Laufe des Tages die Himmelsrichtungen wechselt und dessen Wurzeln einen gewaltigen Teller erkennen lassen, bevor sie in der Erde verschwinden.

Der Teich liegt im japanischen Teil des Gartens, wo es keine großen Bäume gibt, sondern den filigranen Fächerahorn und die kleinen, auf spezielle Art beschnittenen Kiefern, die sich im Teich spiegeln wie niedrig schwebende grüne Wolken. Gerade jetzt wird jede Bewegung des Wassers unter Sonne und Schatten so deutlich reflektiert: ein Regentropfen, der sich von einem Blatt gelöst hat, ein Fisch, der nach einer Fliege schnappt.

Im Aufschauen bemerkt er, dass er von vis à vis beobachtet wird. Wohl eher eine Frau, trotz der hochgewachsenen Gestalt und der breiten Schultern. Ja, nun erkennt er deutlich eine Frau in Stiefeln, Hose und Bomberjacke oder Pilotenjacke, wie man jetzt sagt. Etwa sein Alter, schwer auf die Entfernung. Jedenfalls definitiv zu alt für den Bürstenschnitt, der ihren Kopf verunziert. Ein Rätsel, warum manche Frauen unbedingt männlich wirken wollen.

Sie wendet ihren Blick von ihm ab und versenkt sich in die Betrachtung der Tokio-Kirsche zu ihrer Linken, geht näher an den Baum heran, der in voller Blüte steht. Prachtvoll, wirklich. Er ist zur rechten Zeit gekommen.

Außer ihr ist niemand zu sehen. Er konsultiert sein Handy – noch eine knappe halbe Stunde, dann würde der Parkwächter die letzten Besucher zum Ausgang scheuchen.

Ob man sie gerade noch schlank nennen könnte? Blödsinn, Mann! Er macht eine unwillige Bewegung, schaut jedoch wieder hoch und sieht, wie sie auf dem Rundweg in seine Richtung kommt. Sein Herzschlag beschleunigt sich kein bisschen.

Aber er ist neugierig, wettet mit sich selbst, ob sie achtlos an ihm vorüber geht oder nicht. Langsam kommt sie ihm entgegen und auch er macht zwei Schritte auf sie zu. Doch sie schaut weg vom Teich ins Grüne auf der anderen Wegseite, dann ist sie auf seiner Höhe und vorbei.

„Gewonnen", sagt er leise, und im Umdrehen ruft er: „Ich hab gewonnen!"

Sie bleibt stehen, schaut zurück: „Tatsächlich?" Ihre Stimme ist weder hoch noch tief, weder rau noch weich. „Im Lotto?"

Er schüttelt den Kopf.

„Dann war es wohl eine Wette."

Die Bewegungsrichtung seines Kopfes wechselt von horizontal zu vertikal.

„Lass mich raten. Du hast gewettet, dass ich meinen Weg an dir vorbei fortsetzen und dich ignorieren würde. Ich hab auch gewettet."

„Ach", entfährt es ihm, und er wundert sich über sich selbst, weil es ihn weder stört geduzt noch ertappt worden zu sein.

„Ich hab mir gesagt, dass du mich nicht ansprechen würdest – und verloren." Sie guckt ihn an wie jemanden, über den sie mehr erfahren will.

Seine Augen richten sich wieder aufs Wasser, wo sich bunte Kois tummeln. Schweigen. Er überlegt, dann sagt er: „Ich kann sie nicht leiden, diese Zierkarpfen. Sie sind so überflüssig."

„Aber sie können nichts dafür", sagt sie.

„Magst du sie denn?"

„Darüber denk ich nicht nach."

„Und worüber denkst du nach?"

„Über vieles. Zum Beispiel, warum die Soldaten in Putins Armee das tun, was sie tun." Und sie fährt fort, nicht langsam, nicht schnell, spricht über Abscheulichkeiten und wieso all das heute noch möglich, oder heute *wieder* möglich sei, sie begreife es nicht.

Sie redet über das Dilemma derjenigen, die hier und anderswo seit Jahrzehnten für Abrüstung auf die Straße gehen, blickt ihn dabei erwartungsvoll an.

Er hat nicht den Wunsch, etwas zu erwidern, hört nur zu und fragt sich, woher seine beinahe heitere Stimmung kommt, während sie über akute schreckliche Verbrechen spricht. Der so nahe Krieg ist plötzlich weit weg in diesem Moment und genau das sagt er, nur diesen Satz. Danach merkt er, dass er aufhört zu denken.

Zum ersten Mal in seinem Leben spürt er den inneren Ort, an dem Worte sich nicht aufhalten, ein luftiger Ort irgendwo in der Mitte des Körpers, der sich ausdehnt, langsam, mit jedem Atemzug.

Von weitem hört er den Parkwächter mit seiner Glocke „Wir könnten uns verstecken", schlägt sie vor.

Er greift nach ihrer Hand. „Und dann?"

„Darüber denk ich nicht nach."

Die Eiche

Der vierte Tag ohne Regen, der Himmel höher, die Wolken heller mit einer Aussicht auf Blau hier und dort. Ich gehe mit langen Schritten die Anhöhe hinauf zu den Eichen, ab und zu schmatzt der lehmige Grund unter meinen Schuhen.

Die Eichen halten an ihren vertrockneten Blättern fest, oft weit über die Jahreswende hinaus, bis ein heftiger Wintersturm sie ihnen entreißt. Bisher ist er ausgeblieben, der Sturm, und schon von weitem sieht man den Unterschied zu den Birken, die alle kahl dastehen.

Zu den Eichen kommt man nur durchs Unterholz und über Blätter der Vorjahre, die rascheln, wenn man sie vor sich hertreibt. Den Weg zur Lichtung fände ich auch im Dunkeln, sogar im Schlaf. Mitten in der Lichtung steht die dickste und vermutlich höchste, sicher aber die älteste aller Eichen hier. Ihre Wurzeln umgeben den Stamm als verknöcherter Glockenrock.

Ich bin angekommen, besteige eine Wulst ihres Rocks und stecke meinen Kopf in das Loch im Stamm, rieche hinein in den feuchten Schlund. Noch ein paar tiefe Atemzüge, dann ziehe ich mich zurück aus dem dunklen Hohlraum.

„Alles okay", sage ich. Vor ein paar Monaten habe ich begonnen, mit dem Baum zu sprechen, zuerst lautlos, dann leise und verschämt, aber jetzt rede ich mit normaler Stimme.

Ich trete zurück bis zu der Stelle, wo Ilex und Farn sich mit jungen Bäumen mischen. Von hier aus lässt sie sich am besten betrachten. Ich lege den Kopf in den Nacken. Ihre Krone mag an die dreißig Meter hoch sein. Nach unten hin werden Zweige und Blätter immer spärlicher und kaum mehr als zwei Meter über dem Boden ragen Äste zu beiden Seiten hervor wie gewaltige waagerecht ausgestreckte Arme.

Mein Blick geht nach links zum untersten der Äste und ich sehe, von zwei Stricken gehalten, in Kopfhöhe ein Gebilde aus einem schweren, dunklen Material, das einem großen löchrigen Fußabtreter gleicht, wie man ihn sich vor einem Haus vorstellen könnte, in dem viele ein- und ausgehen. Nur, dass er nicht liegt, sondern hängt und seine Löcher kein gleichmäßiges Muster ergeben, tatsächlich ist jedes Loch einzigartig. Anfangs stellte ich mir vor, jemand habe mit einem Messer kleine Inseln herausgeschnitten, vielleicht um sie als Miniaturatolle im Gartenteich schwimmen zu lassen. Aber vielleicht sind auch die Löcher selbst das Wesentliche. Das, was fehlt.

Kann sein, dass es sich um ein Kunstwerk handelt. Die Menschen in diesem Land haben einen anderen Blick auf Kunst als im Land meiner Eltern. Mittlerweile denke ich nicht mehr darüber nach - oder darüber, wer es aufgehängt hat und welchem Zweck es dient. Ich habe begriffen, dass die meisten Fragen unbeantwortet bleiben.

So wie die Frage, warum ich am liebsten allein bin und ihr mir erklärt habt, niemand sei gern allein, jedenfalls nicht twenty-four seven und in meinem Alter, zumal ich durchaus passabel aussähe, wenn ich etwas aus mir machen würde.

Und warum ich mir im freien Europa ein Tuch um den Kopf lege, obwohl ich nicht mal Muslima sei, zu einer Zeit, wo Frauen es sich herunterrissen und in die Luft würfen. „Frauen – Leben – Freiheit, schon mal gehört?" „Keine Ahnung", sagte ich und spürte eure Blicke im Rücken als ich mich entfernte.

Hijab, Tschador, Niqab, Burka – in den meisten Fällen wohl das kleinste Problem ihrer Trägerin. Ich schaue hoch und erkenne im Ausschnitt des Himmels über der Lichtung lauter tanzende schwarze Tücher, wie ein Starenschwarm geschützt vor Angreifern. Sie kommen von weit her und fliegen über Länder hinweg überall dorthin, wo Frauen sich verhüllen. Er wird wachsen, der Schwarm, da bin ich mir sicher. Doch ich selbst fühle mich behaglich in meinem Hijab, kann ihn mir in die Stirn ziehen und verschwinden.

Wohin? Nur weg von euch Wohlmeinenden, die ihr meine Wunden lasern und mir den Weg weisen wollt in ein Feld mit Pusteblumen voller Möglichkeiten.

„Ihr Deutschen", sage ich zur Eiche, „habt mir eine neue Heimat gegeben. Und nur du kommst mir nicht mit Bedingungen." Im Luftstrom einer Brise antwortet sie mit zartem Rascheln. Dass jedes ihrer Blätter einmalig ist, weiß ich und muss es nicht glauben.

Meine Eltern und alle Geschwister außer mir glaubten an Wiedergeburt. Ich wüsste gern, ob sie Recht hatten. Es wäre ein angenehmer Gedanke, aber nur, wenn ich mir sicher wäre, dass es so ist.

Hier in Deutschland glauben die Menschen an unterschiedliche Dinge. Manche an die Erlösung durch Jesus Christus. Andere an Heilung durch Traumatherapie. Und alle glauben sie an die Wirksamkeit von Versprechungen. „Hier wirst du ein Leben in Frieden und Freiheit führen." Zweifeln bedeutet undankbar zu sein.

„Die Leute in diesem Land mögen dich", sage ich zur Eiche und mache es mir dicht beim Stamm gemütlich. „Dein Blatt ist auf Münzen geprägt, dein Laub schmückt Uniformen, aber das kümmert dich nicht und mich auch nicht. Ich sitze einfach gern hier unter deinem Dach. Riesen wie dich findet man nicht, wo ich herkomme."

Ein Eichhörnchen huscht dicht an meinen Füßen vorbei zu seinem Depot, einem Spalt zwischen Schösslingen. Ich beobachte, wie es hin- und herläuft und seine Vorräte hervorholt. Über uns singt ein Vogel.

In den Stunden, die ich hier verbringe, gelingt es mir oft, meine Gedanken an eine Zeit zu kappen, die am 3. August 2014 begann. Doch dann ist sie wieder da. Ich merke, wie ich von meinem Platz auf der Wurzel abrutsche und zu Boden gehe, mühsam aufstehe und einen Fuß vor den anderen setze.

Am linken Ast angekommen, hebe ich die Arme und lasse meine Finger über die löchrige Fläche der Matte gleiten, berühre jeden einzelnen Einschnitt, der mir zugefügt wurde. Ich habe überlebt. Wie, das geht niemanden etwas an.

Anmerkung

Am 3. August 2014 begann im Nord-Irak ein Genozid durch die Terrormiliz Islamischer Staat am Volk der Jesiden. Laut UN wurden etwa 3000 Männer und Jungen ermordet, zwischen 6470 und 7000 Frauen und Kinder entführt und über 40000 aus ihrer Heimat vertrieben; etwa 2850 Jesiden werden bis heute vermisst. Am 19. Januar 2023 wurden die Verbrechen des IS an den Jesiden vom Deutschen Bundestag als Völkermord anerkannt.

In den Wind gesprochen – eine absurde Szene

Nachrichtensprecher: Guten Abend. Gemäß einer heute veröffentlichten Studie des UNO-Klimarats IPCC kommen internationale Wissenschaftler übereinstimmend zu dem Schluss, dass das System der Höhenwinde eine Veränderung durchläuft.

C (Spötter): Alles fließt ... Kann man das auch bei Höhenwinden sagen? Oder heißt das jetzt: Alles weht, aber anders?

O (Poetin): Ja, ich sprech in den Wind. // Wirst du mich hören? Der Regen // kommt und die Nebel, der Schnee // kommt, ich sprech in den Wind // Wirst du mich hören?

I (Aktivistin): Ach du Scheiße, jetzt ist sie da, die Quittung für vierzig Jahre Nichtstun!

A (Spiritist): Also meine Erfahrung ist, dass du mit positivem Denken Berge versetzen kannst. Dabei ist ganz wichtig, dir bildlich vorzustellen, was du erreichen willst.

Nachrichtensprecher: Nach Jahrzehnten der Uneinigkeit unter Meteorologen über die Entwicklung der wetterbestimmenden Starkwinde, dem sogenannten Jetstream, scheinen nun keine Zweifel mehr an seiner dauerhaften Umformung zu bestehen.

C: Die Damen und Herren Meteorologen haben also endlich den Zweifel aus dem Wartezimmer der Erkenntnis verbannt. Bravo!

I: Mein Gott, jetzt können wir uns auf was gefasst machen ...

O: Im Vollbesitz deiner Zweifel // erklärst du mir // was zu tun sei

A: Aber man muss positiv denken. Besonders in herausfordernden Situationen. Wenn du konkret vor Augen hast, wo du in - sagen wir - fünf Jahren sein willst, dann ist der Erfolg eigentlich schon greifbar.

Nachrichtensprecherin: Die bisher in unseren Breiten häufigen Wetterwechsel und vergleichsweise milden Temperaturen sind auf den polaren Jetstream zurückzuführen, einen Wind, der sich in etwa 10 Kilometern Höhe mit zeitweise über 500 Stundenkilometern bewegt.

C: Wuschschsch, so schnell ... Aber unsere Flugzeuge sind schneller als der Wind. Wovor sollten wir uns also fürchten?

I: Zum Beispiel vor diesen Idioten an der Macht, die nix kapieren.

O: Ich fürchte mich so vor der Menschen Wort // Sie sprechen alles so deutlich aus: // Und dieses heißt Hund und jenes heißt Haus // Und hier ist Beginn und das Ende ist dort.

A: Man muss natürlich hoch motiviert sein und aktiv werden.

Nachrichtensprecherin: Der von Westen nach Osten wehende Wind entwickelt nun immer größere Schleifen in nord-südlicher Richtung, was zu meist stationären Wetterlagen führt, wie wir sie in Deutschland etwa im Sommer 2018 hatten.

O: Gras stürzt, die Gärten stürzen, niemand // unterm Geldharnisch fühlt die Wunde // entsorgt zu sein von sich selbst

C: Die armen, armen Fichten!

I: Und die armen Böden, wenn die versauern, sind auch bald die Buchen arm und dann kommen die Eichen dran.

A: Also Angst vor dem Scheitern wär jedenfalls ganz schlecht.

Nachrichtensprecherin: Laut der Studie können sich stationäre Wetterlagen zu allen Jahreszeiten bilden. Verharren die Jetstreamwellen an einer Stelle, kann aus sonnigen, warmen Tagen ein Dürresommer entstehen und aus Regentagen können trübe Monate werden mit häufigem Starkregen und Fluten.

C: Oh ja, das Ahrtal, es wird uns auf ewig Mahnung bleiben, in Zukunft nur noch das Richtige zu tun! Doch die Preisfrage, was das Richtige sein könnte, hat meines Wissens bisher niemand beantwortet. Da gibt's anscheinend noch ein paar winzige Interessenskonflikte.

A: Was das Richtige ist, wissen wir alle. Es ist tief in uns verankert. Als Teil der kosmischen Energie können wir es uns jederzeit ins Bewusstsein holen. Der Schlüssel liegt in der Art, wie wir denken.

I: So kommen wir nicht weiter ...

O: Du siehst, wohin du siehst, nur Eitelkeit auf Erden. // Was jetzund prächtig blüht, soll bald zertreten werden. // Was jetzt so pocht und trotzt, ist morgen Asch und Bein.

Nachrichtensprecher: Folgt man den Prognosen der Studie, ist die existentielle Bedrohung unserer Land- und Forstwirtschaft in spätestens fünf Jahren Normalität.

C: Noch ein Grund mehr, lieber Betriebswirt als Landwirt zu sein.

I: Da gibt's nur eins: Wir müssen endlich, endlich, endlich an einem Strang ziehen – weltweit alle Kriege beenden, alle Waffen in die Grube schmeißen – Schluss machen mit unserer Verschwendungssucht – Kollektive bilden ...

A: Ich sag immer: Wenn es sich gut anfühlt, dann mach's!

O: Geht, nun geht schon, sprach der Vogel: Der Mensch verträgt nicht sehr viel Wirklichkeit.

Anmerkungen:

Zitat 1: Johannes Bobrowski, Ja, ich sprech in den Wind. Das Gedicht spricht von der verlorenen Heimat, dem nahenden Ende, der Angst und der leisen Hoffnung „Kannst du mich hören?"

Zitat 2: aus Rainer Maria Rilke, Ich fürchte mich so vor der Menschen Wort. Das Gedicht warnt vor der Art der Menschen, alles zu benennen und kategorial einzuordnen und dem Leben damit seinen Zauber zu nehmen.

Zitat 3: aus Nicolas Born, Entsorgt. Das Gedicht thematisiert den Verrat an zukünftigen Generationen und die Selbstzerstörung durch Gier.

Zitat 4: aus Andreas Gryphius, Es ist alles eitel. Das Gedicht aus der Zeit des Barock handelt von der Vergänglichkeit aller Dinge.

Zitat 5: aus T.S. Eliot, Vier Quartette. Im Zitat aus seinem Gedichtzyklus zeigt Eliot wenig Hoffnung auf spirituelle Erkenntnis.

Andrea Niehr

Verflixte neue Welt

Ungläubig las Margret den Inhalt des Zettels erneut.
Das ist nicht wahr!
Sie stand am Bahnhof in Schladern vor dem verschlossenen Fahrkartenschalter. Eine Information besagte, dass der Schalter dauerhaft geschlossen sei und man Tickets am Automaten oder online buchen könne.
„Besuchen Sie unsere Bahn-App. So haben Sie Ihren Fahrschein immer dabei."
Wie sollte sie jetzt zu ihrem Sohn kommen? Wütend knallte Margret mit ihrem Gehstock auf den Boden, bis dieser bedenklich knirschte. Sie drehte sich um, würdigte den Fahrscheinautomaten keines Blickes und stieg wieder in den Bus nach Waldbröl. Zu Hause angekommen, sank sie in ihren Sessel. Wütend. Erschöpft. Verzweifelt. Ihre Hand griff die Flasche, die stets in Reichweite am Boden stand. Der Williams rann beruhigend durch ihre Kehle. Sie genoss die wohlige Wärme, die sich in ihr ausbreitete. Ein zweites Glas und die Wut verschwamm.
Es war zum Verzweifeln. Ständig, so schien es ihr, stieß sie an Grenzen. Nicht nur, dass ihre Beine nicht mehr mitmachten und sie auf einen Stock angewiesen war. *Wenigstens,* dachte sie, *brauche ich dieses schreckliche Gestell nicht.* Den Rollator, mit dem ihr Sohn vor einiger Zeit aufgetaucht war, hatte sie hinter dem Kleiderschrank verstaut. Der diene ihrer Sicher-

heit, hatte Jochen gemeint. *So ein Quatsch!* Sie kam mit ihrem Gehstock prima zurecht. *Schlimm genug!*

Aber ganz grauenhaft war das Gefühl, in ihrem Alltag nicht mehr klarzukommen.

Wieder hielt sie die Flasche in der Hand. Doch bevor sie sich das dritte Glas einschenkte, griff sie zum Telefon.

„Du glaubst nicht, was passiert ist, Gitta."

Sie ließ die Freundin gar nicht zu Wort kommen.

„Jetzt haben sie auch noch den Fahrkartenschalter am Bahnhof geschlossen. Das kann doch nicht wahr sein. Geht denn jetzt alles nur noch mit diesem Internet. Wenn das so weiter geht, sind wir bald ..."

„Jetzt halt mal die Luft an. Der Schalter ist schon das ganze Jahr zu. Lass dir die Fahrkarte halt von deinem Sohn ausdrucken."

Margret atmete hörbar aus. Schenkte sich doch ein.

„Komme direkt vom Bahnhof und bin einfach sauer."

„Du kannst die Welt nicht aufhalten, Marga. Gewöhn dich dran. Oder willst du auf deine alten Tage noch Computer lernen?"

Brigitte lachte. Was Margrets Wut weiter anfachte.

„Jetzt hör mal, Gitta. Das kann doch nicht sein, dass wir da draußen nicht mehr klar kommen?"

Sie wusste aber, dass sie damit bei Brigitte auf taube Ohren stieß. *Ein Schlückchen darf ich noch!* So wechselten sie zu angenehmeren Themen und ratschten fast eine Stunde lang.

Das Thema verfolgte Margret. Abends vor dem Fernseher, in der Werbepause. Egal, welches Produkt angepriesen wurde, ständig hieß es: „Nähere Informationen finden sie unter www.irgendwas.de." Oder: „Gehen sie jetzt gleich auf www.nullkommanix.de und bestellen sie noch heute!"

Als dann die Nachrichtensprecherin meinte: „Zu den Hintergründen informieren wir sie ausführlich auf unserer Webseite www.nachrichten.de", war das Maß voll. Sie nahm die Fernbedienung, warf sie in Richtung des Fernsehers und traf ausgerechnet das Foto ihrer Enkelin Sarah, das neben dem Apparat stand. Mit lautem Scheppern fiel es aufs Parkett und der Glasrahmen zersplitterte.

Wie gelähmt saß Margret da. Nahm einen Schluck aus der Flasche. *Schäm dich!* Der süße Birnengeschmack tat gut. Schuldbewusst registrierte sie ihre zitternde Hand. In ihrem Hirn schrillte eine Alarmglocke. *Was tue ich hier?*

Mühevoll stemmte sie sich hoch, hob die Fernbedienung auf und holte ein Kehrblech, um die Scherben aufzufegen. Das Foto legte sie sorgsam auf die Kommode. Sie würde einen neuen Rahmen besorgen. Dann sank sie erschöpft auf ihren Lieblingsplatz zurück.

Ihr Rücken schmerzte. Irritiert schlug sie die Augen auf. War sie im Sessel eingeschlafen? Ihr Kopf fühlte sich bleiern an. Sie versuchte, sich aufzusetzen, sank aber gleich mit einem Stöhnen zurück. Alles drehte sich. Mit der Bewegung setzte der Kopfschmerz ein. Der Fernseher lief. Aus den Augenwinkeln nahm sie die leere Flasche wahr. *Muss neuen besorgen*, blitzte es in ihr auf. Irgendwie schaffte sie es ins Schlafzimmer und schlief sofort wieder ein.

Das Schrillen der Türklingel weckte sie. Der Kopf hämmerte. Es brauchte zweimaliges erneutes Klingeln, ehe sie einen klaren Gedanken fassen konnte. Dann fiel ihr ein: *Brigitte kommt zum Frühstück.* Es gelang ihr, sich aufzusetzen.

„Ich komm gleich", rief sie mühsam und mit krächzender Stimme.

Sie schaute an sich herunter: Offenbar hatte sie in ihrer Kleidung geschlafen. *O je.* Im Bad schaufelte sie sich kaltes Wasser ins Gesicht. Die Schmerztabletten lagen auf der Ablage. Schnell schluckte sie zwei, dann schlurfte sie in den Flur.

Brigittes Blick traf Margret bis ins Mark. Die Wohnungstür knallte ins Schloss und eine Hand schob sie in die Küche. Während die Freundin die Brötchentüte auf den Tisch legte und nach der Kaffeedose griff, kauerte sich Margret auf einen Küchenstuhl. Die geschäftige Stille war kaum auszuhalten. Schließlich siegte das schlechte Gewissen und sie richtete sich auf. Glücklicherweise wirkten die Tabletten schnell.

„Entschuldige, Gitta. Ich ..."

Brigitte winkte ab.

„Gleich trinkst du erst mal einen Kaffee", meinte sie. „Dann müssen wir reden."

Die Strenge in Gittas Stimme erreichte Margret. Sie ahnte, dass sie an einem Punkt angekommen war, an dem etwas passieren musste.

Der Kaffee verscheuchte das furchtbare Hämmern in ihrem Schädel.

„Ich habe lange über unser Gespräch gestern nachgedacht."

Offenbar blieb die erwartete Strafpredigt aus.

„Und im Grunde hast du recht. Wir können uns nicht so einfach abhängen lassen."

Margret sah die Freundin an, erwiderte jedoch nichts.

Brigitte nahm einen Schluck Kaffee, ehe sie weitersprach.

„In unserer Gemeinde gibt es so einen Kurs: ‚Internet für Senioren'. Ich habe den Zettel schon vor Längerem gesehen. Bin heute früh dort vorbeigegangen."

In Margrets Kopf kehrte langsam wieder Klarheit ein, der Kopfschmerz war zu einem dumpfen Druck geschrumpft.

„Und weiter?"

„Na ja, da ist eine Gruppe von jungen Flüchtlingen in der Gemeinde. Und die sollen schnell Deutsch lernen. Da hatte unser Pfarrer die Idee, man könnte doch die Jungen und die Alten zusammenbringen. Die Jungen zeigen den Alten, wie man mit so einem Tablet umgeht und wir Alten bringen ihnen Deutsch bei."

Brigitte sah Margret erwartungsvoll an.

„Anfangs dachte ich, was für ein Quatsch. Doch gestern, als du so wütend warst, da fiel mir das wieder ein. Und vielleicht ...“

Sie biss in ihr Brötchen und wirkte nachdenklich.

„... vielleicht ist das gar keine so schlechte Idee. Was meinst du?“

Auf Margrets Gesicht breitete sich ein Grinsen aus.

„Du meinst ...?“ Sie räusperte sich.

„Du meinst, wir sollten auf unsere alten Tage noch Computer lernen?“

Mit leiser Genugtuung nahm sie die Röte wahr, die Brigitte bis in die Haarspitzen stieg.

„Na ja, wenn ich so drüber nachdenke. Wir können doch mal vorbeischauen. Und wenn es nichts ist, gehen wir wieder.“

Margret stand auf, ging zum Küchenschrank und holte das Handy heraus, das dort in der Schublade lag. Ein großes, modernes Gerät – *wie hieß das gleich?* Sie legte es auf den Küchentisch.

Brigitte starrte darauf:

„Du hast ein Smartphone?“

„Hat mir Jochen geschenkt. Hat mir einmal kurz gezeigt, was man damit machen kann. Und das war‘s dann. Ich hab nix verstanden. Und seitdem liegt es da drin.“

Erneut kramte sie in der Schublade.

„Da muss irgendwo ein Kabel sein?“, murmelte sie, zog es heraus und schloss das Handy an die Steckdose.

Sie schaute Brigitte an.

„Wann gehen wir hin?“

Am nächsten Freitagnachmittag betraten die Beiden das evangelische Gemeindehaus in Waldbröl. Margret war froh, nicht allein zu sein. Zaghaft schaute sie durch die Tür des großen Saals. Fast jeder Tisch war besetzt. Überall saßen Frauen und Männer in ihrem Alter zusammen mit jungen Leuten, die meist eine dunklere Hautfarbe hatten. Sie hörte vereinzeltes Lachen und leises Murmeln in der ansonsten hoch konzentrierten Stimmung. Sie fühlte Brigittes Hand, die sie weiter in den Raum zog. Eine junge Frau kam auf sie zu.

„Hallo, Frau Schumacher. Frau Büscher. Schön, dass sie gekommen sind. Herzlich willkommen in unserer Internet-Werkstatt."

Ein strahlendes Lächeln nahm Margret ein wenig von ihrer Angst.

„Hatten wir telefoniert?", fragte sie mit belegter Stimme.

„Ja, ich bin Katharina. Nennen Sie mich gerne Kathi."

Dann führte sie die Freundinnen zu einem Tisch am Fenster.

„Darf ich ihnen Naima vorstellen?"

Eine schüchtern wirkende junge Frau erhob sich langsam und neigte ihren Kopf zur Begrüßung, schien nach Worten zu suchen.

„Guten Tag. Ich freue mich, Sie kennenzulernen."

Ihr Deutsch klang etwas fremd, ungewohnt in der Betonung.

Sie hat eine klangvolle Stimme, dachte die Musikerin in Margret. Fast so, als würde sie singen. *Und bildhübsch ist das Mädel.*

„Guten Tag", antwortete Margret, schon ein wenig mutiger. Sie begrüßte die junge Frau mit einem Antippen der Faust, wie es in diesen Pandemiezeiten üblich war. Brigitte tat es ihr gleich.

„Na, dann lernt euch erst mal kennen, ihr Drei." Kathi wies auf die Stühle und auf die beiden Geräte, die auf dem Tisch lagen. „Die Tablets können sie nutzen. Und sie können sie auch zum Üben gerne mit nach Hause nehmen. Wenn sie das möchten, machen wir nachher einen Leihvertrag."

Dann verschwand sie im Raum.

Eine Stunde später saßen die Frauen über das Tablet gebeugt. Sie hatten sich auf Anhieb verstanden und eben hatte Margret ihre erste E-Mail verschickt. An ihren Sohn. Na, der würde staunen.

Naima hatte versprochen, dass sie sich nächsten Freitag das Smartphone vornehmen könnten. Sie wollte sich zunächst mit dem Typ des Geräts vertraut machen. Das klang seriös für Margret und überhaupt hatte sie die zurückhaltende junge Frau gleich ins Herz geschlossen.

Ein leises „Beep" kündigte die eingehende E-Mail an. Margret sah verwundert nach. Und tatsächlich. Ihr Post-Eingang verkündete eine neue Nachricht. Aufgeregt öffnete sie ihren Account und Jochens Name sprang ihr ins Auge.

„Es hat geklappt!" Atemlos klickte sie auf den Eintrag und las laut vor:

„Hei Mam. Danke für Deine Mail. Klasse, dass Du mit dem Handy zurecht kommst. Freu mich. Liebe Grüße. Jochen."

Lachend nahm Margret die Glückwünsche der Gruppe entgegen. Unendlich stolz rief sie einem der Jungen zu: „Eine Runde auf mich!"

Der fragte: „Ein Bierchen für alle?" Eifriges Nicken.

Nur Margret zögerte einen Moment und sagte dann laut: „Für mich Orangensaft!" Sie zwinkerte Brigitte zu, die ihr einen aufmunternden Blick zuwarf. Und rief „Für mich auch!"

Nächtliche Zwiesprache

Der Verkehrslärm der Stadt drang gedämpft auf die Eisenbahnbrücke. Der nächste Zug käme erst am frühen Morgen vorbei. Obwohl es eine warme Septembernacht war, zerrte der Wind an Marens Kleidern. Sie war auf das Geländer geklettert und hatte sich durch die Metallstreben gezwängt. Regungslos starrte sie auf den schwarzen Fluss hinunter.

Bilder und Gedanken jagten durch ihren Kopf.

Der eisige Blick des Richters. Das Klicken der Kameras beim Verlassen des Gerichtsgebäudes. Die mitleidigen Mienen der Kolleginnen, als sie den Arbeitsplatz räumte.

Die letzten Wochen hatte sie wie in einem Nebel erlebt. Falls es ihr überhaupt gelang aufzustehen, spulte sie mechanisch ihr Tagesprogramm ab. Erledigte den Haushalt. Meldete sich bei der Arbeitsagentur. Ging stundenlang im Wald spazieren. Ihre Freunde wollte sie nicht sehen.

Maren erinnerte sich nicht, wie sie auf diese Brücke gekommen war. Doch ein Sprung in die Tiefe erschien verlockend.

„Spring!" Sie erkannte die eigene Stimme nicht. „Tu es."

Ein harter Aufprall, sie würde die Kälte kaum spüren. Und dann wäre da – Freiheit. Das Ende der Angst. Keine Verzweiflung mehr. Nur gnädiges Nichts. Alles in ihr schrie nach Ruhe. Endlich Ruhe.

Vorsichtig tastend schob sie den Fuß ein Stück vor. Warum war das so schwer?

Eine Träne rollte über ihre Wange. Sie blinzelte – da schien es, als zwinkerte ihr das Spiegelbild des Mondes aus dem Wasser zu. Unwillig schüttelte sie sich. Jetzt hatte sie schon Halluzinationen. Schluss damit. Entschlossen machte sie einen Schritt nach vorn, bereit abzuspringen. Erneut zwinkerte es aus der Tiefe. Irritiert hob sie den Blick zur Quelle des Ärgernisses. Der Vollmond stand prall und rund da. In einem prächtigen Honiggelb schalt er ihren lebensmüden Plan einen Hohn.

„Was tust du da?"

Erschrocken drehte sie sich um. Die Stimme klang so klar und deutlich, als stünde jemand direkt hinter ihr. Was passierte hier? Das Stahlseil schnitt schmerzhaft in die Finger. Warum sprang sie nicht einfach?

„Was tust du da?"

Erneut schauderte sie. Als sie dann beobachtete, wie sich eine Hand aus dem Mond heraus formte und sie aufforderte, ihr zu folgen, zweifelte sie an ihrem Verstand. Dennoch verspürte Maren einen unwiderstehlichen Drang, sich durch das Gitter zu zwängen, vom Geländer herunterzusteigen und loszugehen. Die leuchtende Scheibe hatte sich schon ein ganzes Stück entfernt.

„Jetzt spinne ich komplett!", grummelte sie vor sich hin.

Der Mond legte ein zügiges Tempo vor.

Im Laufschritt ging es über ein Feld, neben einem Bahngleis her, dann kurz vor dem nächsten Dorf in den Wald. Maren hatte Mühe, den Anschluss zu halten, doch immer wieder zeigte ihr der kräftige Schein zwischen den hohen Wipfeln den Weg.

Bald quälten sie Seitenstiche, sie rang nach Luft. Da hielt der Mond inne. Auf einem Baumstumpf am Wegrand ruhte sie aus.

„Spürst du dich jetzt?"

Schaudernd fuhr sie zusammen. Sah sich panisch um. Da war niemand außer ihr – und der leuchtenden Scheibe am Himmel. Die schob sich nun ins Dickicht und sah sie unmittelbar an.

„Spür deinen Atem! Das ist Leben. Warum willst du das wegwerfen?"

Immer noch hob und senkte sich ihre Brust in schnellem Rhythmus. Es kam ihr albern vor, dennoch antwortete sie der Stimme.

„Ich kann nicht mehr. Das hat doch alles keinen Sinn."

Tränen strömten über ihr Gesicht. Was, zum Teufel, machte sie hier eigentlich? Lief einem Phantom hinterher. Warum, verflucht, war sie nicht einfach gesprungen?

„Weil du am Leben hängst."

Wieder suchte sie im Dunkel eine andere Person auszumachen.

„Wer bist du? Wieso weißt du, was ich denke?"

Ein grollendes Lachen antwortete.

„Du siehst mich die ganze Zeit an."

Das Licht verschwand für einen Moment zwischen den dicken Baumstämmen und alles verdunkelte sich. Als es wieder aufleuchtete, schien es näher gekommen zu sein.

„Das hier ist völlig absurd." Maren zitterte. „Ein sprechender Mond. Bin ich etwa doch schon tot?"

„Glücklicherweise nein. Ich konnte es ja gerade noch verhindern. Du bist nicht an der Reihe. Es wartet eine Aufgabe auf dich."

Entgeistertes Kopfschütteln.

„Bist Du verrückt? Welche Aufgabe? Für mich gibt es nichts mehr zu tun."

„Du verstehst nicht. Komm mit!"

Sogleich stieg der Mond wieder in die Höhe. Er schob sich über einen breiten Waldweg, so dass sie ihm leicht folgen konnte. Wie ferngesteuert stolperte Maren hinterher.

Bald erreichten sie ein Dorf, dessen Namen sie nur vom Hörensagen kannte. Bei einem der wenigen Häuser machten sie Halt.

„Was tun wir hier?"

Da keine Antwort kam, suchte sie nach einer Sitzgelegenheit. Ein lautes Stöhnen ließ sie aufhorchen. Hinter einem Fenster des baufälligen Fachwerkhauses brannte Licht. Die klagenden Geräusche, drängender nun, konnten nur von dort her kommen. Da litt jemand arge Schmerzen - und ihr war diese Qual gut bekannt. Voller Panik wandte sie sich ab und rannte den Weg zurück in den Wald.

„*Stopp!*", dröhnte die nun schon vertraute Stimme. „*Du wirst jetzt nicht weglaufen.*"

Maren stoppte so abrupt im Lauf, dass sie auf die Knie fiel.

„Oh nein!", flüsterte sie. „Oh nein! Auf gar keinen Fall werde ich da hineingehen. Niemals!"

Und dann war alles wieder da.

Eine Wohnung im nobelsten Stadtviertel. Die Patientin bestand auf einer Hausgeburt. Maren wollte sie umstimmen. Von Anfang an hatte sie ein komisches Gefühl gehabt. Es wäre ihr lieber gewesen, die werdende Mutter in ein Krankenhaus zu bringen. Sie konnte es nicht begründen – da war nur so eine böse Vorahnung. Vehement beharrten die Eltern auf dem Wunsch, es zu Hause zu versuchen. So nahm die Katastrophe ihren Lauf. Das Kind wollte und wollte nicht kommen. Zuerst dachte Maren, es hätte sich vielleicht ungünstig gedreht. Doch eine Untersuchung ergab keine Anzeichen dafür. Dann kam es zu einer entsetzlichen Blutung. Und unvermittelt hielt Maren ein lebloses Kind in den Händen.

Die Mutter blutete und blutete – der Krankenwagen kam viel zu spät. Sie konnte nichts mehr tun, als der sterbenden Frau den toten Säugling in die Arme zu legen.

Das Gericht sprach sie schuldig. Sie hätte auf einer Klinikgeburt bestehen müssen. Sie sei schuld am Tod der beiden Menschen. Der Vater des Kindes klagte auf eine gigantische Summe an Schadenersatz. Er tobte im Gerichtssaal, schrie sie an. Wie unter Zwang entschuldigte sie sich immer und immer wieder. Ihr war sehr bewusst, dass sie ihrer Ahnung hätte folgen und die Patientin umstimmen müssen.

Man entzog ihr die Lizenz. Sie musste den Traumberuf aufgeben, die Wohnung kündigen, zurück zu den Eltern ziehen. Hartz IV. Und keine Aussicht darauf, je wieder als Hebamme arbeiten zu dürfen.

Doch am schwersten wog die Schuld. Das Wissen, dass Mutter und Kind in einer Klinik vermutlich überlebt hätten. Sie war schuld.

„Nein! Niemals!", schleuderte sie dem Mond entgegen und sprang auf. Hinter ihr wurde das Stöhnen immer quälender, begleitete ihren Weg in die Nacht. In den Schutz der Bäume.

„Moment mal!"

Wie ein Scheinwerferkegel floss das Licht um Maren. Geblendet bewegte sie sich tiefer in den Wald hinein, doch der Strahl folgte ihr erbarmungslos.

„Moment! Hörst du nicht, dass du gebraucht wirst?"

„Wie grausam du bist! Ich kann nicht! Ruf einen Krankenwagen!"

„Dafür ist es zu spät! Du gehst jetzt da rauf! Geh!"

Ein Schrei zerriss die Stille.

„Verflucht!"

In ihrem Kopf lockte die Stimme: *„Komm! Komm!"* und zog sie zu dem Gebäude.

Dann war es, als legte sich ein Schalter um. Das Schreien klang stetig qualvoller und doch mehr gedämpft, als wolle es die Gebärende mit einem Kissen ersticken. Hier war eine Frau in größter Not.

Schnell umrundete sie das Haus, suchte nach dem Eingang. Auf ihr Klingeln hin öffnete ein Mann die Tür. Sein Gesicht war verschwitzt und er schaute sie ängstlich an.

„Entschuldigen Sie. Zu laut. Meine Frau ..."

Sie schob ihn beiseite, rannte die Treppe hinauf. Über die Schulter rief sie ihm zu:

„Ich bin Hebamme."

Dann war sie im Zimmer. Die werdende Mutter auf dem Bett war völlig entkräftet.

„Das Bad?"

Der Mann deutete auf eine Tür. Schnell wusch sie sich gründlich die Hände. Routiniert untersuchte sie die Schwangere.

„Warum sind Sie denn nicht ins Krankenhaus gefahren?"

„Wir nicht versichert." Jetzt erst fielen ihr die dunkle Haut und der fremdartige Dialekt auf. „Kein Geld für Arzt."

„Das Baby liegt falsch. Ich versuche, es zu drehen."

Um ihn zu beschäftigen, gab sie dem zukünftigen Vater Anweisungen. Ließ ihn heißes Wasser holen und frische Handtücher. Dann leitete sie ihn an, seine Frau zu halten. Mit geübten Griffen gelang es ihr, das Kind noch in eine günstige Geburtsposition zu bringen.

Die Situation entspannte sich. Bald hielt die junge Mutter ein gesundes Mädchen im Arm. Erleichtert rief Maren eine Kollegin an. Die kam sofort und übernahm. Niemand würde erfahren, dass sie hier unerlaubt Geburtshilfe geleistet hatte.

Nachdem Mutter und Kind versorgt waren, fuhren die Kolleginnen nach Hause. Todmüde fiel Maren in ihr Bett.

In der folgenden Nacht ging sie erneut hinaus aufs Feld. Sicherheitshalber hielt sie sich von der Brücke fern. Der Mond hatte etwas von seiner Strahlkraft verloren, doch leuchtete er immer noch in einem wunderbar warmen Licht.

„Danke." Maren stand inmitten des Feldes und sah hinauf. „Danke."

„Was willst du jetzt tun?" Auch die Stimme klang weniger hart.

„Ich werde kämpfen. Ich werde alles versuchen, um wieder in meinem Beruf arbeiten zu können."

„Gut so!"

Befreit atmete sie auf.

„Freu Dich nicht zu früh!" Sie sprach klar in die kühle Nachtluft.

„Ich werde deine Hilfe brauchen!"

Ein dröhnendes Lachen begleitete sie auf dem Nachhauseweg.

Dann eben anders

Nach der Stunde wankte ich die Treppe hinunter. Nur mit Mühe konnte ich meine Tränen zurückhalten. In dem kahlen, kalten Treppenhaus hüllte mich die übliche Kakophonie ein. Hanons elende Fingerübungen holperten über Klaviertasten. In eine schon virtuos gespielte Elegie auf der Bratsche quietschten erste Violinstriche, die mir unmittelbar Zahnschmerzen verursachten. Von ganz oben tönte eine Trompete in launiger Fanfarenmanier und zwang eine fröhliche kleine Flötenmelodie in die Knie.

Doch – was mir normalerweise ein Grinsen entlockte, bohrte sich heute in meine Seele und ließ mich flüchten. Nur schnell weg hier. Auf mein Fahrrad, die Vogelsanger Straße hinunter – weg, nur weg!

Das war es für mich. Soviel war klar. Morgen würde ich zu meinem Professor gehen. Ich war kläglich gescheitert. Nie wieder würde ich eine Klarinette in die Hand nehmen. Ende.

Wohl zum hundertsten Mal ließ mich Wehberger, mein Klarinettenlehrer, das gleiche Stück spielen. Ein Volkslied. Nie kam ich über den vierten Takt hinaus. „So wird das nichts!" polterte er los. „Haben Sie es noch immer nicht begriffen?! Noch mal von vorne!"

Und je mehr ich es versuchte, umso mehr ging es daneben. Ich hatte jedes Gefühl für mein Instrument verloren. Und was noch schlimmer war: ich hatte die Lust am Spiel verloren.

Der Ansatz falsch. Nichts Richtiges gelernt. Provinzausbildung. Der Ansatz. Der Ansatz. Der Ansatz. Schluss. Aus.

All meine Orchester-Erfahrung – zunichte!

Die Solokonzerte, auf die ich so stolz war – dahin!

Mein Prof würde enttäuscht sein. Die Klarinette war sein Lieblingsinstrument. Egal!

Wehberger – verflucht! Ich – am Ende!

In Zukunft würde ich singen!

WechselZeit

eintauchen in das meer der zeit
die wellen bestimmen den takt
unaufhörlich geht der zeiger
bricht an der küste des lebens

gestern noch schien alles sicher
stillstand ja doch herrlich stabil
stunden tage zogen dahin
auf wunderbar träge weise

heute schlagen die wogen hoch
verwirbeln bequeme balance
der wandel droht mit untergang
und zeigt doch nur dass alles fließt

treiben im licht des augenblicks
die brandung streichelt das ufer
zögernd entfaltet sich die chance
lächelt und fragt wann wenn nicht jetzt

Christine Scharlipp

Ausblick

der Himmel ist
wie blaue Flügel
über mir

verheißt uns alles

„Kunst seid Ihr!"

Zeit-Los

Frühling Sommer
Herbst und Winter
die schönste Zeit

ist jetzt mit Dir

zuhause

Amselstimmen
schallen laut
schaffen weiten Raum

darin unser grüner Widerhall

textiles Werk

ein neuer Tag
mit neuem Leben
und Gewebe

mustert mich

ausruhen

ein Tag wie ein
unbeschreibbares Blatt

bewegt nur vom Wind

aus Träumen

leichtes Leben

jede Schneeflocke
ein Lächeln von Dir

der Schwere zum Trotz

Einziger

mit Dir ist jeder
Tag ein Gedicht

wir sind gemacht
aus Worten

Du bist das Schönste

wahrnehmen

wie Glockenklänge
Stille und Schnee
und Dunkelheit
durchdringen

auch das Ticken der Uhr
welches woanders
schon abgeschafft ist

so weit will ich es nicht
kommen lassen

unvergänglich

alles was ist
ist auch in mir

kann nur so
für immer bleiben

wird fortgeschrieben

Seite für Seite

überleben

ich pflanze in mir
diesen Rotbuchenbaum

schenke ihm
grünende Blätter auf Papier

immer

Zeiten vergehn

Seiten werden
umgeblättert

mein Jahr neigt sich
weiterhin Dir zu

Wechselwirkung

sonnige Bilder
für Dich geschrieben

und plötzlich
ist das Leben selbst

so sonnig
und schön

Uwe Vitz

Kleines Geldwäsche ABC

In der ersten Stadt, in einem Büro eines größeren, lokal bedeutsamen Unternehmens.

Der Geschäftsführer erklärt dem Manager:

„Die Aktienmehrheit in der Firma geht nächsten Monat endgültig auf unsere neuen Partner über. Die Alteigentümer trennen sich von ihren Anteilen und unsere neuen Partner übernehmen die Firma. Das müssen wir akzeptieren. Wie Sie wissen, hat die Herstellung von Ecstasy in unseren mobilen Laboren, an vertraulichen Orten, schon erfolgreich begonnen. In Zukunft stellen wir solche Produktionsstätten her. An den betreffenden Standorten wird die Ware unserer neuen Eigentümer direkt in Deutschland hergestellt werden."

Der Manager lässt sich nichts anmerken.

Er hat nun die Wahl zwischen Plan A, B oder C.

Plan A: Er gibt, um sich abzusichern, der Presse einen Tipp und wendet sich gleichzeitig an das BKA.

Plan B: Er arbeitet für das Drogensyndikat und ist in einem Jahr Millionär.

Plan C: Er kündigt aus persönlichen Gründen und behauptet, von nichts zu wissen.

Der Manager entscheidet sich für Plan A, denn er weiß wie furchtbar Drogensüchtige leiden.

***

Einen Tag später in der zweiten Stadt, in einer Privatwohnung.

Der Beamte fühlt sich unwohl. Aber es ist ja nicht seine Schuld, was nun geschehen wird.

Vor einigen Jahren ist er angetrunken Auto gefahren, dabei übersah er einen Fußgänger. Der Trottel war einfach über den Zebrastreifen gegangen und hatte sich darauf verlassen, dass er schon anhalten würde.

Verdammter Idiot.

Er bemerkte den Typen erst, als es zu spät war.

Die Leiche musste weg.

Und er besaß diese Telefonnummer. Die Nummer, die ihm vor Jahren ein alter Kollege gab.

Er erinnert sich noch an dessen Worte:

„Erzähle bloß niemanden von dieser Nummer oder dass du sie von mir hast. Die ist etwas ganz besonderes. Nur weil du ein guter Mensch bist und gerade solche Menschen in diesem Scheißsystem oft unter die Räder kommen, gebe ich dir diese Nummer. Ruf an, wenn du ein ernstes Problem hast. Es gibt Leute, die helfen dir, ohne Fragen zu stellen. Bei denen bist du besser aufgehoben, als bei den Kollegen von der Dienstaufsicht. Diese Leute haben mehr Verständnis für uns."

Bei dem Unfall hatte er die Wahl.

Plan A: Er rief die Kollegen von der Verkehrspolizei und seine Karriere beim BKA war vorbei.

Plan B: Er benutzte die Nummer von damals.

Plan C: Er beging Fahrerflucht und hoffte, nicht überführt zu werden.

Er entschied sich für Plan B.

Die Leiche zog er von der Straße und legte sie in einen Graben. Furchtbar war die Angst gewesen, dass doch jemand etwas gesehen hatte.

Irgendwann war tatsächlich ein Möbeltransporter gekommen. Einige schweigsame Männer stiegen aus, packten die Leiche in eine Kiste, gaben dem Beamten ein Paket und fuhren davon.

Der Beamte hatte das Paket zuhause geöffnet. Darin befand sich ein Schreiben, ein Handy und eine neue Telefonnummer.

Dabei die Anweisung, jeden Tipp, den das BKA zum Thema organisierte Kriminalität erhielt und der über seinen Schreibtisch lief, über dieses Handy zu melden.

Sollte er die Gegenleistung nicht erbringen, würden die Filmaufnahmen von ihm und der Leiche veröffentlicht werden.

Die Auftraggeber hatten ihn gefilmt, wie er die Leiche von der Straße zog und in den Graben legte.

O Gott, sie beschatteten ihn seit Jahren.

Wahrscheinlich seit dem Tag, an dem ihm der „nette" Kollege die Telefonnummer geschenkt hatte.

Jetzt gab es endgültig kein Zurück mehr.

Sie schrieben jedoch auch, dass er für jeden Tipp, wenn er sich bewahrheitete, zehntausend Euro bekommen würde. Ja, sogar zwanzigtausend Euro für konkrete Namen. Versuchte er, die Auftraggeber jedoch zu täuschen, müsste er mit einer Bestrafung rechnen.

Ebenso ließen sie ihm eine zweite Telefonnummer zukommen, die er an einen jüngeren Kollegen seiner Wahl weiterleiten solle. Wenn dieser Kollege eines Tages auch zum Informanten würde, erhielte er sogar hunderttausend Euro.

Jedes Mal, wenn er den Tipp gab, wurde eine Überweisung auf ein Konto in der Schweiz durchgeführt.

Anschließend musste er die alte Telefonnummer und das alte Handy vernichten. Er erhielt dann innerhalb von vierundzwanzig Stunden ein neues Handy und eine neue Telefonnummer.

Heute ist es wieder einmal so weit.

Er ruft die Nummer an und berichtet der Person am anderen Ende, dass sich ein Manager einer bekannten Firma an das BKA gewendet und über die Übernahme der Firma, für die er arbeitet, durch ein Drogensyndikat berichtet hat.

Glücklicherweise kann er auch den Namen dieses Managers nennen.

„Danke."

Nur dieses eine Wort.

Mehr hört er nicht von der anderen Person, die nun das Gespräch beendet.

Der Beamte gönnt sich einen Whisky.

Es ist ja wirklich nicht seine Schuld, was nun mit dem Informanten geschehen wird.

***

Eine Woche später, in der dritten Stadt.

Das Panoramafenster bietet einen beindruckenden Ausblick auf die nächtliche Stadt. Doch der Mann im Büro hat im Augenblick keinen Sinn dafür.

„Welche Möglichkeiten bestehen?", fragt der Abteilungsleiter am Telefon.

„Plan A: Wir beseitigen den Zeugen. Plan B: Wir zerstören seine Glaubwürdigkeit. Plan C: Wir lassen unsere einflussreichen Freunde das Verfahren blockieren", erwidert die Stimme am anderen Ende der Leitung.

„Ist die Entscheidung schon gefallen?"

„Die anderen Abteilungsleiter wollen wissen, was Sie vorziehen."

„Was ist sicherer?"

„Plan B ist sicherer. Wir stellen ein belastendes Video her und speichern es im Sicherheitssystem der Firma ab. Selbst, wenn es nicht als Beweis anerkannt wird, sofern der Zeuge nicht seine Unschuld beweisen kann, ist seine Glaubwürdigkeit erledigt."

„Ausgezeichnet, ich stimme für Plan B."

„Gut."

Das Gespräch wird beendet.

Der Abteilungsleiter blickt aus dem Fenster auf die Stadt, deren Lichter in der Nacht so täuschend friedlich wirken.

Manchmal ist die Verantwortung, die er als Abteilungsleiter einer Spezialbank für internationale Finanzgeschäfte trägt, nur schwer zu ertragen.

Diesmal reicht es, wenn der Zeuge arbeitslos und öffentlich geächtet wird. Es ist nicht notwendig, dass man den Idioten auch noch spurlos verschwinden lässt.

Hätte der Zeuge sich richtig entschieden, wäre er Millionär geworden.

Stattdessen wird er nun ein asozialer Arbeitsloser, wahrscheinlich vorbestraft.

Dieser Idiot hat eben die falsche Wahl getroffen, weil er das System nicht begreift.

In diesen Zeiten setzt eine hysterische Öffentlichkeit immer strengere Bestimmungen gegen Geldwäsche durch. Aber die Weltwirtschaft benötigt auch das Kapital aus der Schattenwirtschaft.

Beide Systeme sind eng mit einander verbunden und so muss es bleiben. Zum Wohle der Konzerne, die letztendlich die Verantwortung tragen.

Ist die Glaubwürdigkeit des Zeugen zerstört, gibt es kein Verfahren gegen die Firma oder die Auftraggeber. Also können die Geschäfte mit einigen zusätzlichen Sicherheitsmaßnahmen weiter laufen.

Die Auftraggeber werden dann die zuerst ausgewählte Firma wieder verkaufen und in eine andere Firma investieren.

Der Abteilungsleiter ist froh, dass diesmal wahrscheinlich nur nach Plan B verfahren wird.

Schließlich ist er kein eiskalter Verbrecher, er ist nur ein Abteilungsleiter.

***

In einer vierten Stadt, ein Jahr später, im Amtsgericht.

Der Richter verkündet:

„Der Angeklagte hat seine Position als Manager ausgenutzt für einen Versuch, über den Geschäftsführer seinen Arbeitgeber zu erpressen. Er wollte eine Million Euro erpresserisch erbeuten oder vortäuschen, sein Arbeitgeber würde mit einem Drogensyndikat zusammenarbeiten. Tatsächlich hat der Angeklagte eine entsprechende Anzeige erstattet und die Verleumdung der Presse zugespielt. Das Video, welches die Sicherheitskameras aufgenommen haben zusammen mit den Tonaufzeichnungen, könnte theoretisch gefälscht sein. Aber allein der Aufwand einer solchen Aktion macht eine Fälschung unwahrscheinlich. So bewertet das Gericht entsprechende Behauptungen des Angeklagten als reine Schutzbehauptung. Der Angeklagte wird wegen versuchter räuberischer Erpressung zu einer Haftstrafe von einem Jahr verurteilt."

Der Angeklagte ruft: „Ich bin unschuldig!"

Der Richter seufzt traurig auf und erklärt:

„Sie haben es noch nicht begriffen. Es gibt in der Justiz, A – unschuldig, B – schuldig oder C – Mangel an Beweisen. In Ihrem Fall hat das Gericht sich für B entschieden, also schuldig.

Wenn Sie damit nicht einverstanden sind, gehen Sie in Berufung. Aber schreien Sie hier bitte nicht herum, sonst erhalten Sie noch eine Zusatzstrafe wegen Missachtung des Gerichtes."

Der Teufel Lüdke und der arme Teufel Bruno

So einmal in der Woche treffen sie sich im Restaurant „Zur letzten Instanz" in Berlin. Die beiden Pensionäre, ein Rechtsanwalt und ein Staatsanwalt. Ihre Treffen enden teilweise in heftigen Auseinandersetzungen. Doch beide bleiben befreundet und treffen sich bald erneut.

Der Rechtsanwalt bestellt einen Cappuccino, der Staatsanwalt einen großen Kaffee ohne Milch und Zucker.

„Guten Tag", sagt der pensionierte Rechtsanwalt, „ich habe gerade eine Petition unterschrieben, damit auch Herr Bruno Lüdke einen Stolperstein bekommt."

Der Staatsanwalt im Ruhestand ist entsetzt. Fast hätte er einige Tropfen verschüttet.

„Der Massenmörder? Der Teufel Lüdke! Sind Sie denn wahnsinnig geworden, einen Stolperstein für ein solches Monster?"

Vom Nachbartisch blickt ein junger Mann irritiert zu den beiden älteren Herren hinüber.

Der Rechtsanwalt schaut seinen Gesprächspartner traurig an.

„War er denn ein Monster? Er wurde doch von den Nazis ermordet", fragt er ruhig.

„Oh ja, er war ein Monster, da muss man den Nationalsozialisten einmal dankbar sein. Die deutschen

Polizeibeamten haben damals einen der schrecklichsten Mörder der Welt beseitigt. Haben Sie den Film ‚Nachts, wenn der Teufel kam' gesehen?", ruft der Staatsanwalt erregt.

„Nein, bisher noch nicht", gesteht der Rechtsanwalt.

„Da wird alles gezeigt. Wie brutal der Mörder Lüdke Frauen tötete. 53 Morde wurden ihm nachgewiesen. Im Film sieht man, wie gründlich der zuständige Kommissar ermittelt hat. Die Nationalsozialisten haben natürlich alles vertuscht. Sie wollten nicht, dass bekannt wird, dass im Deutschen Reich ein Serienmörder so lange unerkannt morden konnte. Den Kommissar hat man sogar als Soldat an die Front geschickt. Ein Unschuldiger ist verurteilt worden, aber Lüdke wurde ohne Prozess getötet. Der Teufel war also gut weg."

„Das ist aber nur ein Film, keine Realität ", erwidert der Rechtsanwalt und trinkt schnell einen Schluck Cappuccino.

Der junge Mann am Nachbartisch hat seine Kaffeetasse unachtsam an den Rand des Tisches gestellt, im Gespräch mit seiner Freundin macht er eine erklärende Handbewegung und trifft die Tasse.

Die Tasse stürzt zu Boden und zerspringt. Eine Pfütze Kaffee breitet sich aus.

„So ein Tölpel", sagt der Staatsanwalt leise mit einem verächtlichen Lächeln.

„Wollen wir weiter diskutieren oder uns über die Scherben freuen?", fragt der Rechtsanwalt genervt.

„Gut, diskutieren wir weiter. Die Realität wurde dargestellt in einer Artikelserie des bekannten Polizeireporters und früheren sowie späteren Polizeibeamten Bernhard Wehner. Diese Artikelserie trägt den Namen ‚Das Spiel ist aus – Arthur Nebe. Glanz und Elend der deutschen Kriminalpolizei‘, veröffentlicht im Spiegel, dort können Sie alle Details nachlesen, wie der Mörder Lüdke überführt wurde", erklärt der Staatsanwalt und trinkt einen kräftigen Schluck Kaffee.

„Diese Artikelserie ist kein Ruhmesblatt für den Spiegel. Darin wird niemals die Täterschaft Bruno Lüdkes in Frage gestellt, obwohl Ungereimtheiten erwähnt werden. Die Serie wurde von Bernhard Wehner geschrieben. Aber Herr Wehner folgte natürlich immer wieder der unsinnigen Argumentation des Kommissar Franz. Er beschrieb den Verdächtigen sogar als großen, starken Menschenaffen, zurückgebliebenen Neandertaler und Tiermenschen. Na ja, was soll man auch von jemanden wie Herrn Bernhard Wehner schon erwarten ...", meint der Rechtsanwalt bitter.

„Was wollen Sie damit andeuten?", fragt der Staatsanwalt empört und stellt vorsichtshalber seine Kaffeetasse zurück auf den Tisch. Es wäre ihm peinlich, doch noch etwas zu verschütten.

Inzwischen hat die Bedienung die Scherben aufgekehrt und die Pfütze aufgewischt.

Der junge Mann entschuldigt sich und gibt etwas mehr Trinkgeld als sonst.

„Immerhin war Bernhard Wehner der Leiter der ‚Zentrale zur Bekämpfung von Kapitalverbrechen‘ im Reichskriminalpolizeiamt im Dritten Reich. Er war ein ehemaliger Nazi, der die Gelegenheit nutzte, um ein Opfer der Nazis noch einmal zu verleumden", sagt der Rechtsanwalt anklagend.

„Bernhard Wehner leitete von 1954 bis 1970 die Düsseldorfer Kriminalpolizei. Außerdem war er Schriftleiter und zeitweise alleiniger Herausgeber der Fachzeitschrift ‚Kriminalistik‘. Er war ein angesehener Polizeibeamter, dem man nichts vorwerfen kann", verteidigt der Staatsanwalt den Polizeibeamten Wehner.

„Doch, seine Vergangenheit im Dritten Reich und seine späteren Lügen zu dieser Zeit. Der Spiegelherausgeber Rudolf Augstein wusste schon, wieso er die Serie nur anonym veröffentlichte", widerspricht der Rechtsanwalt.

„Leute wie Sie machen es sich sehr leicht. Man sollte Persönlichkeiten wie Bernhard Wehner akzeptieren, ohne ihre Entscheidungen und Urteile in Frage zu stellen. Bernhard Wehner tat in seiner Zeit, was er für notwendig hielt", sagt der Staatsanwalt.

„Trotzdem muss die Wahrheit immer vorrangig sein und darf nicht aus falscher Rücksichtnahme unterdrückt werden", mahnt der Rechtsanwalt und schlürft genüsslich etwas Cappuccino.

„Nun gut, lassen wir Bernhard Wehner ruhen. Der Film ‚Nachts, wenn der Teufel kam‘ ist nicht nur das Werk von Rudolf Augstein und Bernhard Wehner. Es ist ein Film, in dem Mario Adorf den Mörder spielt und beruht auf einer Artikelserie des bekannten deutschen Autoren Will Berthold. Die Regie führte Robert Siodmak, der selbst von den Nationalsozialisten verfolgt wurde. Solche Männer hätten nicht an einem Film mitgewirkt, in dem ein Unschuldiger verleumdet wird", erklärt der Staatswalt, nachdem er die Namen im Internet nachgelesen hat, und nimmt erneut einen großen Schluck.

„Nun, ich glaube, dass Herr Berthold damit keine Probleme hatte. Die anderen werden es nicht gewusst haben", antwortet der Rechtsanwalt.

„Diese Behauptung ist eine Vermutung von Ihnen", hakt der Staatsanwalt nach.

„Nein, sie ist erwiesen. Herr Berthold hat einfach aus NS-Akten zitiert und entlastende Dokumente im Fall Lüdke verschwiegen. Er wollte für seine Artikelserie wohl einen schrecklichen Serienmörder, hat ja auch geklappt", stellt der Rechtsanwalt klar.

„Haben Sie dafür Beweise?", fragt der Staatsanwalt im gleichen Ton, mit dem er damals, wenn es ernst wurde, im Gericht sprach.

„Ja, Bruno Lüdke wurde 1943 in Berlin ohne Beweise festgenommen, weil er geistig behindert war. Er wurde einer Vergewaltigung und eines nachfolgenden Verdeckungsmordes in seiner Nachbarschaft verdächtigt. Er gestand im Verhör durch Kriminalkommissar Heinrich Franz ungeklärte Morde in ganz Deutschland. Laut heute bekannten Akten hat Franz Mordfälle im ganzen Reichsgebiet heraussuchen lassen. Egal in welchem Fall er Lüdke beschuldigte, dieser hat angeblich gestanden. Dabei war er doch als geistig Behinderter wohl gar nicht in der Lage, sich so genau an Daten und Orte zu erinnern, die bis zu 20 Jahre zurück lagen.

Auch ist nie geklärt worden, wie er unbemerkt zu den teilweise weit entfernten Tatorten gelangte und wieder nach Berlin zurückkehrte. Aber die Nazis wussten, dass diese Geständnisse nichts wert waren. Darum haben sie Herrn Bruno Lüdke bei grausamen Menschenversuchen ermordet, ohne ihn vor Gericht zu stellen. Es gab niemals Beweise gegen ihn. Das haben inzwischen andere Kriminalisten nachgewiesen. Auch Mario Adorf distanziert sich heute von diesem Film und setzt sich für einen Stolperstein für Bruno Lüdke ein."

„Das möchte ich persönlich überprüfen", sagt der Staatsanwalt und greift nach seinem Smartphone.

„Selbstverständlich", erwidert der Rechtsanwalt und lehnt sich auf seinem Stuhl zurück.

Nachdem er im Internet eine Weile recherchiert hat, blickt der ehemalige Staatsanwalt seinen Gesprächspartner ernst an.

„Es gibt tatsächlich einiges an Literatur zu dem Fall. Vor allem die Bücher ‚Bruno Lüdke: Eine deutsche Affäre' und ‚Fabrikation eines Verbrechens' erscheinen mir bedeutsam. Ich werde sie lesen und dann entscheiden, ob ich unterschreibe oder nicht."

„Natürlich", sagt der Rechtsanwalt.

(Am 28. August 2021 setzte Gunter Demnig den Stolperstein am Standort von Bruno Lüdkes Elternhaus in Berlin-Köpenick.)

Quellen:

Internet:
Wikipedia-Einträge zu Bruno Lüdke, Bernhard Wehner und Willi Berthold sowie dem Film „Nachts, wenn der Teufel kam"
Der Spiegel: ARTHUR NEBE - Glanz und Elend der deutschen Kriminalpolizei
Katholisches Magazin für Kirche und Kultur: „Der SPIEGEL vertuscht Nazi Verbrechen und protegiert SS-Führer-VorSPIEGELeien"
FOCUS online Bruno Lüdke: „Der Teufel von Köpenick"
T-Online: „Verfilmt mit Mario Adorf. Der Serienmörder, den sich die Nazis herbei fantasierten"
TAZ: „Stolperstein für Bruno Lüdke: Der erfundene Serienmörder"
Deutschlandfunk Kultur: „Jahrzehntelang unentdeckte Fake News. Der Massenmörder, der keiner war"
Universität Siegen: „Stolperstein für NS-Opfer Bruno Lüdke"

Literatur:
Jan A. Blaauw: „Bruno Lüdke: Eine deutsche Affäre"
Axel Doßmann, Susanne Regener: „Fabrikation eines Verbrechens. Der Kriminalfall Bruno Lüdke als Mediengeschichte"

Location: Lokal „Zur letzten Instanz" in Berlin

Stephanie Werner

Neue Wege

Daniel fiel die Brötchenhälfte aus der Hand und landete mit der Marmeladenseite nach unten auf dem Teller. „So ein Mist", fluchte er, als er das Malheur betrachtete. Dann sah er seine Freundin stirnrunzelnd an. „Hattest du nicht gesagt, du hättest eine tolle Idee für unseren Urlaub?"

Lena lächelte. „Das ist eine tolle Idee. Wir sollten wirklich mal etwas fürs Klima tun und nicht immer mit dem Auto in die Ferien fahren oder eine Flugreise machen."

„Du hast ja recht, aber 400 km mit dem Fahrrad an die Nordsee und wieder zurück?"

„Das ist kein Problem. Wir haben drei Wochen frei: Fünf Tage hin, fünf retour und zehn vor Ort. Überleg mal, wieviel CO_2 wir im Alltag in die Luft pusten! Wenn wir mal eben zum Einkaufen fahren, zur Arbeit oder zu unserem Lieblingsitaliener? Ganz zu schweigen von unseren Wochenendtrips nach Hamburg oder München."

„Ja schon, aber …!"

„Außerdem könntest du etwas für deine Figur tun. Die ganze Coronazeit über im Homeoffice ist dir nicht gut bekommen. Du hast einen Bauch gekriegt und das mit Mitte dreißig."

Daniel, stets auf sein Äußeres bedacht, sah an sich herunter. „Du übertreibst. Da ist höchstens ein kleiner Bauchansatz", empörte er sich.

„Bauchansatz? Schau dir mal an, wie dein Hemd spannt! Also, was ist?" Seine schlanke, durchtrainierte Freundin warf ihre langen schwarzen Haare zurück und sah ihn mit hoffnungsvoller Miene an.

Daniel verzog das Gesicht. Erstens hatte er es bisher nicht geschafft, Lena einen Wunsch abzuschlagen, und zweitens hatte sie Recht. Sie achteten in ihrem Alltag nie auf die Einsparung von CO_2 und die Folgen waren ständig Thema in den Nachrichten. „Na schön, meinetwegen."

Noch am selben Tag kauften Lena und Daniel E-Bikes, Fahrradtaschen, Regenkleidung und Helme. Sechs Wochen später, am 1. Mai, starteten sie frühmorgens in Nümbrecht ihre Fahrradtour bei blauem Himmel und Temperaturen um fünfzehn Grad. Lena hatte die Route nach Cuxhaven in fünf Tagesabschnitte aufgeteilt und dementsprechend Unterkünfte gebucht.

Auf der ersten Etappe fuhren sie quer durchs Oberbergische bis Meschede im Sauerland. Ihr Weg führte sie vorbei an saftig grünen Wiesen und Feldern, durch Wälder und beschauliche Orte, von denen sie noch nie gehört hatten.

Lena hatte sich bewusst für eine Strecke abseits der Hauptverkehrsstraßen entschieden, um der Natur näher zu sein. Sie sahen Rehe an Waldrändern äsen, Hasen über Äcker springen und Eichhörnchen in den Bäumen klettern. Viele Kilometer radelten sie an der Biggetalsperre entlang, setzten sich am Ufer in die Sonne und schauten aufs Wasser, bevor sie ihre Tour fortsetzten.

Gegen vier Uhr am Nachmittag erreichten Lena und Daniel ihr Hotel in Meschede. Sie checkten ein, duschten und gingen zum Abendessen.

„Wie hat dir der Tag gefallen?", fragte Lena, als sie in dem modern eingerichteten Restaurant mit den bodentiefen Fenstern eine Pizza aßen und den Blick ins Grüne genossen.

„Ich bin positiv überrascht. Die Ruhe, die klare Luft und die Tiere, die wir auf den abgelegenen Strecken erlebt haben, fand ich klasse. Nicht zu vergessen die Fahrt entlang der Bigge. Das alles hätten wir nicht gesehen, wenn wir mit dem Auto über die Autobahn gefahren wären und wahrscheinlich Stunden in einer Blechlawine verbracht hätten", gestand Daniel.

„Außerdem haben wir was fürs Klima getan."

„Stimmt. Und das fühlt sich richtig an."

Als sie am darauffolgenden Morgen aufwachten, prasselte der Regen gegen die Fensterscheiben. So wie das Wetter umgeschlagen war, schlug auch Daniels Stimmung um. Er sah mit düsterem Blick aus dem Fenster und redete beim Frühstück kaum ein Wort. Nach dem Essen zogen sie die Regenkleidung an und deckten die Gepäcktaschen mit einer Plastikfolie ab. Dann brachen sie zur zweiten Etappe Richtung Gütersloh auf. Alles um sie herum war grau in grau, der Nebel lag wie ein schwerer Mantel über ihnen und Nässe und Kälte sorgten für klamme Kleidung. Den Blick nach unten gesenkt, nahmen sie ihre Umgebung kaum wahr. Lena wäre am liebsten umgekehrt und hätte sich im Hotel einen Wellnesstag gegönnt, doch das würde sie vor Daniel nicht zugeben.

Gegen Mittag kehrten Lena und Daniel in ein uriges, mit alten Kaffeemühlen und Teekannen dekoriertes Café ein und setzten sich an einen Tisch neben der Heizung, um sich aufzuwärmen. Sie aßen eine Suppe und tranken Tee. Beide schwiegen, hingen ihren Gedanken nach, checkten Nachrichten auf den Smartphones.

Eine Stunde später brachen sie wieder auf. Sie waren ein paar Kilometer gefahren, als sich ihnen auf der Landstraße ein LKW näherte. Daniel, der vorausfuhr, starrte offenbar stur auf seine Fahrbahnseite, denn sonst hätte er angehalten. Er begegnete dem LKW auf Höhe einer großflächigen Pfütze und verschwand unter einer Fontaine.

„So eine Schnapsidee, mit dem Fahrrad in den Urlaub zu fahren", schimpfe er und hielt an. Regenkleidung und Gesicht waren voller Dreck, braunes Wasser lief ihm den Nasenrücken hinunter und tropfte zu Boden. Die blonden Haare, die unter dem Helm hervorschauten, waren ebenfalls braun. Lena hätte am liebsten gelacht. Doch das traute sie sich nicht. Stattdessen holte sie feuchte Tücher aus ihrer Gepäcktasche hervor und gab sie ihm. Mit düsterer Miene wischte er sich damit den Dreck aus dem Gesicht.

„Mir reicht´s. Morgen fahren wir zurück nach Hause und nehmen das Auto."

„Komm mal aus deiner Komfortzone raus. Es ist nicht immer bequem, wenn man was für die Umwelt tun will. Da muss man auch manchmal Opfer bringen."

„Opfer bringen? Du hast gut reden. Du hast ja keine Dusche mit Dreck, Öl und was weiß ich nicht noch abgekriegt."

„Sieh es einfach als Mikroabenteuer. Und glaube mir, wenn wir an der See ankommen, hast du das vergessen."

Daniel stieg schweigend auf sein Rad und fuhr los. Der Tag war gelaufen.

Kaum vierundzwanzig Stunden später schien wieder die Sonne und Daniels Miene hatte sich aufgehellt. Von Umkehren war keine Rede mehr und sie setzten in den nächsten Tagen ihre Fahrt über Diepholz, Delmenhorst und Bremerhaven bis nach Cuxhaven fort. Auf der letzten Etappe fuhren sie viele Kilometer an der Küste entlang. Sie rochen das Meer, hörten das Schreien der Möwen, sahen Schiffe am Horizont. In Dorum-Neufeld, kurz vor ihrem Endziel, kauften sie im kleinen Hafen Fischbrötchen, setzten sich auf eine Bank auf dem Deich und schauten auf den Leuchtturm und das Wasser.

„Dein klimafreundlicher Urlaub fängt an, mir Spaß zu machen", sagte Daniel.

„Das ist gut. Und denk daran, was wir allein bei der Anreise erlebt haben: Der Keiler, der aus dem Wald geschossen kam und dich verfolgt hat, oder die riesige Schafherde, durch die wir durch mussten."

„Ich glaube, wir werden noch einiges erleben. Ich freue mich schon drauf. Vorausgesetzt, das Wetter ist gut.“

Drei Wochen später kehrten Lena und Daniel nach Hause zurück: Braungebrannt, durchtrainiert und mit der Gewissheit, viel CO_2 eingespart zu haben. Daniel zog sogar in Erwägung, öfter mit dem Fahrrad in den Urlaub zu fahren und ihren Freundeskreis von klimafreundlichen Ferien zu überzeugen, auch wenn sie am Abend ihrer Rückkehr beide todmüde ins Bett fielen und sofort einschliefen.

„Aufstehen. Wir müssen gleich los!“ Daniels Stimme drang tief in Lenas Unterbewusstsein vor.
Sie öffnete die Augen und schielte auf den Wecker.
„Spinnst du? Es ist acht. Heute ist Sonntag.“
„Stimmt, aber wir sind zum Mittagessen bei meiner Schwester eingeladen. Hast du das vergessen?“
„Nein. Aber bis dahin sind es noch vier Stunden und wir fahren nur 30 Minuten zu ihr.“
„Falsch! Wir wollen doch weniger CO_2 ausstoßen und dafür müssen wir auch mal Opfer bringen. Also steh auf. Wir fahren mit dem Rad.“

Aus anderer Sicht

„Jetzt drehst du völlig durch. Du hast zwar deine eigenen Recherchemethoden, aber das ist verrückt", sagte Tobias und sah seine Freundin Lisa kopfschüttelnd an.

„Ich arbeite mich immer gründlich in die Sachverhalte ein, über die ich berichten will."

„Das verstehe ich ja. Aber was du jetzt vorhast, ist echt krass."

„Ich möchte eben ein Stück weit nachvollziehen können, worüber ich schreibe."

„Und was sage ich, wenn einer unserer Freunde plötzlich vor der Tür steht und uns besuchen will?"

Lisa zuckte mit den Achseln. „Die Wahrheit."

„Die Wahrheit? Die denken doch, du hättest nicht mehr alle Tassen im Schrank."

„Das ist mir egal."

„Wann bist du weg?"

„Nach dem Frühstück."

„Und du kommst nicht zwischendurch zurück in die Wohnung?"

„Nur zur Toilette."

Tobias seufzte. „Also gut. Ich kann dich sowieso nicht umstimmen."

Nachdem sie gegessen hatte, ging Lisa ins Schlafzimmer. Sie stellte eine Reisetasche aufs Bett, öffnete den Kleiderschrank und ließ ihren Blick über die Kleidungsstücke gleiten. Viel Zeit blieb ihr nicht. Viel mitnehmen konnte sie auch nicht.

Sie packte Jeans, Pullover, zwei Strickjacken und Wäsche ein. Dazu feuchte Tücher, Zahnbürste, Zahnpasta, Seife, Waschlappen und drei Handtücher. Für die Zeiträume ohne Strom nahm sie ein Notizbuch, Stifte und Kerzen mit. Zuletzt legte sie ihr Notebook und das Smartphone oben drauf. Das musste für eine Woche reichen. Die Tasche war voll.

Bevor sie die Wohnung verließ, ging sie in die Küche und gab ihrem Freund zum Abschied einen Kuss. „Ich bin dann weg. Falls du Sehnsucht nach mir hast, darfst du mich besuchen kommen."

Er verzog das Gesicht. „Aber nur kurz. Das ist mir zu kalt und zu ungemütlich."

„Es ist ja auch keine Wellness-Woche."

Lisa nahm ihre Reisetasche, schnappte sich Schlafsack und Decke und ging in den Keller. Tobias und sie hatten die alte Villa vor ein paar Jahren gekauft und innerhalb von fünfzehn Monaten modernisiert: Bäder und Fenster erneuert, eine Fußbodenheizung eingebaut, Laminat verlegt, tapeziert. Nur der Gewölbekeller mit den schmalen, kaum Licht durchlassenden Fensterscheiben war geblieben, wie er war. Sie sah sich im Schein der Glühbirne um: Der Putz bröckelte an einigen Stellen von den Wänden, in den Ecken unter der Decke hingen Spinnen. Sie schüttelte sich. Worauf hatte sie sich bloß eingelassen!?

Der Weinkeller bot zu wenig Platz, der Vorratskeller ebenfalls. Im dritten Raum befanden sich die Gartenmöbel: Stühle, Tisch, Sonnenliegen und ein altes

Stahlwaschbecken. Lisa stellte die Tasche in eine Ecke, breitete den Schlafsack auf einer der Liegen aus, legte Notizbuch, Handy und Notebook auf den Metalltisch. Ihre Bleibe war eingerichtet.

Dann wickelte sie sich die Decke um Hüfte und Beine, setzte sich an den Gartentisch, nahm ihr Smartphone und beantwortete WhatsApp-Nachrichten der letzten Tage. Das war nach dreißig Minuten erledigt. Was sollte sie jetzt tun? Der Tag hatte gerade erst angefangen.

Sie surfte im Internet, ging zwischendurch im Keller auf und ab. Trotzdem zogen sich die Stunden wie Kaugummi. Noch schlimmer war die Kälte. Sie kroch unaufhörlich von den Füßen über die Beine nach oben. Die Journalistin zog eine weitere Jacke an, schlüpfte mit Füßen und Beinen in den Schlafsack und zog ihn bis über den Po. Ein Gefühl, als steckte sie in einem Raumanzug.

Am frühen Abend bekam sie Hunger und hatte Appetit auf ein Steak mit Salat. Bei dem Gedanken daran lief ihr das Wasser im Mund zusammen. Das einfachste wäre, sie ginge hinauf in die Küche. Doch das war in ihrem Experiment nicht vorgesehen. Stattdessen holte sie aus dem Vorratskeller eine Dose Ravioli und den Campingkocher.

Anschließend simulierte Lisa einen Stromausfall, schaltete das Licht aus und verzichtete auf Strom aus der Steckdose. Im Kerzenschein schrieb sie die ersten Stichworte in ihr Notizbuch: „Mir ist langweilig", „das

Tageslicht fehlt", „es ist bitterkalt". Dann legte sie sich schlafen.

Die Sirenen heulen. Luftalarm. Lisa stockt der Atem. Wie gelähmt verharrt sie sekundenlang vor dem Herd in der Küche. Dann rennt sie in den Flur, greift ihre gepackte Reisetasche und läuft die steile Treppe in den Keller des Mietshauses hinunter. Dort ist sie allein. Die Nachbarn waren morgens zur Arbeit gefahren.
Plötzlich Detonationen. Die Wände vibrieren. Sie zuckt zusammen. Dann fällt das Licht aus. Mit zitternden Händen durchwühlt sie ihre Tasche nach der Lampe. Sie ist weg. „Verdammt", flucht sie. Das Handy hat sie bei dem überstürzten Aufbruch auf dem Sideboard im Wohnzimmer liegen gelassen.
Lisas Puls rast. Die Angst vor der Dunkelheit und die Ungewissheit, was draußen passiert, schnüren ihr die Kehle zu. Sie muss raus aus ihrem Gefängnis, versucht zu fliehen. Doch sie kann sich nicht bewegen. Irgendetwas hindert sie.

Lisa schreckte hoch, rang nach Luft. Um sie herum war es stockfinster. Ihr Herz schlug bis zum Hals. Wie nah waren die Bombeneinschläge? Wohin konnte sie fliehen? Sie wand sich aus dem Schlafsack, sprang auf und lauschte. Doch es blieb still.
Erst nach einer Weile realisierte die junge Frau, dass sie sich im Keller ihres Hauses befand. Nicht im Krieg. Sie hatte nur geträumt. Sie hatte das geträumt, was ihre Freundin Maria ihr am Telefon geschildert hatte. Die

Journalistin schauderte und es dauerte lange, bis sie sich beruhigt hatte und wieder einschlief.

Als Lisa früh am nächsten Morgen aufwachte, schmerzten sämtliche Knochen. Ihre Augenlider waren schwer wie Blei, sie hatte höchstens drei Stunden geschlafen. Doch nach der Morgentoilette war sie hellwach, denn das Wasser aus der Leitung war eiskalt. Sie sehnte sich nach einem gemeinsamen Frühstück mit Tobias in der geheizten Küche mit frischen Brötchen, Kaffee, Wurst und Käse. Ihr fehlte jemand zum Reden, das kaum vorhandene Tageslicht und die räumliche Beschränktheit schlugen ihr auf die Stimmung. Sollte sie ihr Vorhaben abbrechen? Die Treppe hinauf in ihre Wohnung gehen, zurück in ein normales Leben? Raus aus Enge und Kälte? Sie hatte im Gegensatz zu vielen anderen auf der Welt die Wahl. Nein! Sie würde nicht aufgeben! Die Menschen in der Ukraine mussten auch durchhalten, denn es gab oftmals keine Möglichkeit, dem Alptraum zu entfliehen.

Die nächsten Tage verliefen immer nach dem gleichen Schema: im Internet Zeitung lesen, Filme schauen, Artikel und WhatsApp-Nachrichten schreiben, Strom abstellen. Daneben litt sie unter Kälte, Schlaflosigkeit, Langeweile und ungesundem Essen aus der Dose. Für ein kleines tägliches Highlight sorgte Tobias, wenn er sie jeweils für eine halbe Stunde besuchte. Ein Tropfen auf den heißen Stein.

Als Lisa den Kellerraum nach einer Woche verließ, hatte sie zwei Kilo abgenommen. Sie freute sich auf eine Dusche, Mahlzeiten in Gesellschaft und ihr Bett.

Ihr Experiment, die Situation der in Kellern schutzsuchenden Ukrainer nachzuvollziehen, war nur zum Teil gelungen. Was sie versucht hatte nachzustellen, war – trotz des Ereignisses in der ersten Nacht – lediglich ein Bruchteil dessen, was die Menschen in den Kriegsgebieten durchlebten. Ihre Angst und Panik konnte ein Außenstehender nicht nachempfinden.

Trotzdem ging sie jetzt mit anderen Voraussetzungen in das bevorstehende Interview für den Artikel mit ihrer Freundin Maria in der Ukraine, die sich oft für längere Zeit im Keller ihres Hauses aufhalten musste, weil die Luftalarme so dicht aufeinander folgten, dass eine Rückkehr in die Wohnung zu gefährlich war.

Zum Schluss

Die Autor*innen stellen sich vor:

Monica Buchfeld
Jahrgang 1948, aktiv im Ruhestand. 18 Jahre lang
Leiterin der SchreibWerkstatt Gummersbach.
Gedichtbände „zeilen sprung" und „trotz dem",
Sammelband „blatt werk",
Lyrikcassette „komm, lege deinen kopf", zahlreiche
Veröffentlichungen in Zeitschriften und Antho-
logien.
Inge-Czernik-Förderpreis 2008 (2. Platz)

Conny Heitmann
Jahrgang 1966, lebt und arbeitet im Oberbergischen.
Schreibt Kurzprosa und – meist unter dem Pseudo-
nym Roberta C. Keil – Romane in den Genres
Spannende Romantik, Krimi und Drama.
Veröffentlichungen:
Als Conny Heitmann: Kurzprosatexte in Antholo-
gien der Schreibwerkstatt/von Wort.Werk.
Als Roberta C. Keil: „Käfig aus Angst"
(KDP/epubli), „Sommer des Zorns", und „Haily –
Sommer der Entscheidung" (Neobooks).
Kurzkrimi „Konversation" in der Anthologie „101
Möglichkeiten aus dem Leben zu scheiden".
2022 Teilnahme am Kunst-Wort-Projekt „Ins Licht
geschrieben" des Katholischen Bildungswerkes.

Uta Lösken
Jahrgang 1962, Freiberuflerin (Mediengestaltung).
Seit 2010 Leiterin der Gruppe. Schreibt neben ihrem
Schwerpunkt Malerei. Bücher: „Ins Wolkenlicht
geschrieben" (Lyrik), „Im Atem des Meeres" (Geschichten, Gedichte), „Kerzenquartett" (Erzählung),
„Mitten aus der Nacht" (kriminelle Geschichten),
„und dreht sich einfach weiter" (Limericks und andere Gereimtheiten). Beiträge in verschiedenen Anthologien.
Website: www.uta-loesken.de

Karin Nagelschmidt
Jahrgang 1957. Geboren in Köln. Arbeitete 30 Jahre
als Lehrerin für Deutsch und Englisch in Gummers-
bach, lebt heute in Krefeld.
Veröffentlichungen: Gegenwartsliteratur in Erzäh-
lungen, Kurzgeschichten und Lyrik, verschiedene
Anthologien. Kurzgeschichten im Schulbuch
„Komm.de" (Ernst Klett Verlag 2016)
Debütroman „Die Erbschaft" (Bergischer Verlag,
2019)

Andrea Niehr
Jahrgang 1964, Schulleiterin, lebt in Waldbröl.
Schreibt Lyrik und Prosa. Veröffentlichungen:
„Fenster zum Ich" (Lyrik), Lyrik und Kurzgeschich-
ten in verschiedenen Anthologien.
Website: www.ecribani.de

Christine Scharlipp
Jahrgang 1964, Altenpflegerin. Am Bodensee auf-
gewachsen und seit 1999 in Gummersbach zuhause.
Schreibt Lyrik.
Bücher: „am roten Faden der Worte", „Blattwerk"

Uwe Vitz
Jahrgang 1966, Angestellter im öffentlichen Dienst.
Veröffentlichungen in Anthologien der Schreib-
Werkstatt Gummersbach. Verschiedene Erzählun-
gen in Follow (www.follow.de).

Stephanie Werner
Jahrgang 1973, tätig im Bereich Finanzbuchhaltung.
Schreibt Kurzkrimis, Reiseberichte, heitere Kurzgeschichten. Beiträge in Anthologien.
Bücher: „Zerbrochenes Eis", „Eiskalte Seele",
„Boot 4", „Tod im Hexenweiher", „Nacht über Ve-
endorf" (Kriminalromane), „Gletscher, Eis und wil-
de Tiere" (Reiseerzählungen), „Frohe Weihnachten"
und „Frohe Weihnachten 2" (Weihnachtsgeschich-
ten)

Ein Blick in die Wort.Werkstatt

Vor über 40 Jahren wurde die „SchreibWerkstatt Gummersbach" gegründet, damals in Zusammenarbeit mit der Volkshochschule Gummersbach. Gedacht nicht als Schreibkurs, sondern als Treffpunkt für Autorinnen und Autoren.
Vor zwei Jahren hat sich die Gruppe umbenannt in „Wort.Werk – Autorinnen und Autoren Oberberg".

Alle 14 Tage treffen sich die Mitglieder, um gemeinsam an ihren Texten zu arbeiten. Die Bandbreite reicht von Lyrik über Kurzgeschichten bis hin zu Romanprojekten.
Wer einen Text vorstellt, erwartet respektvolle und konstruktive Kritik. Ziel ist, das Bestmögliche herauszuholen, wobei die Individualität der Geschichten und Gedichte, die spezielle Sprache der einzelnen Autorinnen und Autoren erhalten bleiben.

Während der Corona-Pandemie wollte die Gruppe nicht auf ihre gemeinsame Arbeit verzichten und nutzt seitdem Online-Meetings. Hin und wieder treffen sich alle aber auch zu einem gemeinsamen Abend, denn der direkte Austausch ist ihnen wichtig.

Leseabende mit Musikbegleitung und verschiedene Anthologieprojekte geben Einblicke in das vielseitige Schaffen der Autorinnen und Autoren.

Im Internet präsentiert sich die Gruppe Wort.Werk auf www.wortwerk-gm.de

Ansprechpartnerin für weitere Informationen ist Uta Lösken (Tel.: 02265 706 7706)

Dank

Die Autorinnen und Autoren bedanken sich bei allen, die das langjährige Bestehen der SchreibWerkstatt Gummersbach unterstützt haben und auch Wort.Werk weiter unterstützen.

Dazu gehören die Stadt Gummersbach und das Veranstaltungszentrum Halle 32, die uns in ihren Räumen beherbergen.

Unser Dank gilt besonders dem Verein zur Förderung der Kultur in Gummersbach e.V., der durch finanzielle Unterstützung dieses Buchprojekt und die Präsentation im Rahmen eines Lese-
abends gefördert hat.

Verein zur Förderung der
Kultur in Gummersbach

30
Jahre

Inhalt

Stephanie Werner

Weitere Bücher von Wort.Werk
(bzw. der SchreibWerkstatt Gummersbach)

OBERBERGISCHE FUNDSTÜCKE
Geschichten und Gedichte

Geschichten brauchen Orte, Orte bergen Geschichten. Die Umgebung von Gummersbach mit Aggertalsperre und Silberkuhle, das ehemalige Krankenhaus in Waldbröl, das Freibad in Bielstein oder das „Tal der Gesetzlosen" bei Wiehl, eine Villa in Nümbrecht, ein Mahnmal im Wald von Bergneustadt, der Lingeser See. Im Oberbergischen lassen sich viele Geschichten finden.

Die Autorinnen und Autoren der SchreibWerkstatt Gummersbach haben sie gesucht oder erdacht, haben Erinnerungen und Empfindungen in Worte gefasst, locken damit Leserinnen und Leser, diese Orte selber zu entdecken.

Taschenbuch, 180 Seiten, 9,90 €
Books on Demand, Norderstedt 2018
ISBN 9-783748-108399

HeimatMosaik

Geschichten und Gedichte

Heimat – ein Wort, in dem vieles mitschwingt. Geburtsort und Zuhause, Ursprung und Wurzeln. Heimatgefühle, Verbundenheit und Zugehörigkeit. Erinnerungen verbinden uns mit unserer Heimat, machen Heimatlosigkeit so schmerzhaft.

Zwölf Autorinnen und zwei Autoren setzen sich mit diesem Thema auseinander und nähern sich ihm von allen Seiten. Ihre unterschiedlichen Hintergründe und Schreiberfahrungen führen zu ganz verschiedenen Antworten auf die Frage

Was ist Heimat für dich?

Taschenbuch, 180 Seiten, 9,90 €
Books on Demand, Norderstedt 2017
ISBN 9-783743-194663

Blickwinkel
Geschichten und Gedichte

Begegnungen, Beziehungen, Konfrontation. Menschen treffen auf einander, auf fremde Kulturen, auf unbekannte Situationen, auf sich selber. Und immer bringen sie dabei ihren persönlichen Blickwinkel mit.

In ihren Geschichten und Gedichten beschäftigen sich neun Autorinnen und ein Autor mit diesem Blick auf die Welt aus ganz unterschiedlichen Perspektiven.

Taschenbuch, 180 Seiten, 9,90 €
Books on Demand, Norderstedt 2013

Nicht mehr über den Buchhandel erhältlich, aber noch über die Autor*innen.

sage und schreibe

Anthologie zum 30jährigen Bestehen

In Worte fassen, was bewegt, festhalten, was als bloßer Gedanke flüchtig wäre – Bedürfnis jeder Schriftstellerin, jedes Schriftstellers. Sprachbilder malen, erzählen, mitteilen.

Mit diesem Buch geben die zwölf AutorInnen Einblicke in ihre literarische Arbeit und in die Arbeit der Schreib-Werkstatt Gummersbach.

So unterschiedlich wie die Lebensalter sind auch die Themen und die individuellen Stile.

Schauen Sie in die Schreibstuben der AutorInnen, die sich in der SchreibWerkstatt Gummersbach regelmäßig treffen -
und das sage und schreibe seit dreißig Jahren.

Taschenbuch, 180 Seiten, 9,90 €
Books on Demand, Norderstedt 2010

Nicht mehr über den Buchhandel erhältlich, aber noch über die Autor*innen.

Jahrhunderte Leben
Geschichten aus der Geschichte

Da sind Katrin, der die Verfolgung als Hexe droht und Jonas, der gegen den Willen der Kirche das Vogelschießen wieder aufleben lassen möchte. Oder Anna und Marthe, die in der napoleonischen Kriegszeit um ihren Mann und Sohn bangen. Da sind Frauen und Männer, die ihren Teil von 900 Jahren Geschichte in und um Gummersbach erlebt haben und heute noch erleben. Von diesen Menschen erzählen die Geschichten der AutorInnen aus der SchreibWerkstatt.

Kein Geschichtsbuch, sondern ein Geschichten-Buch, das einen spannenden Querschnitt bietet durch
Jahrhunderte Leben

Taschenbuch, 148 Seiten, 9,90 €
Books on Demand, Norderstedt 2009

Nicht mehr über den Buchhandel erhältlich, aber noch über die Autor*innen.